粉色巴士开走了,带走了过去,带走了不安,带走了迷茫……

日本新锐作家文库

粉色巴士
ピンク・バス

角田光代 著

郑世凤 译

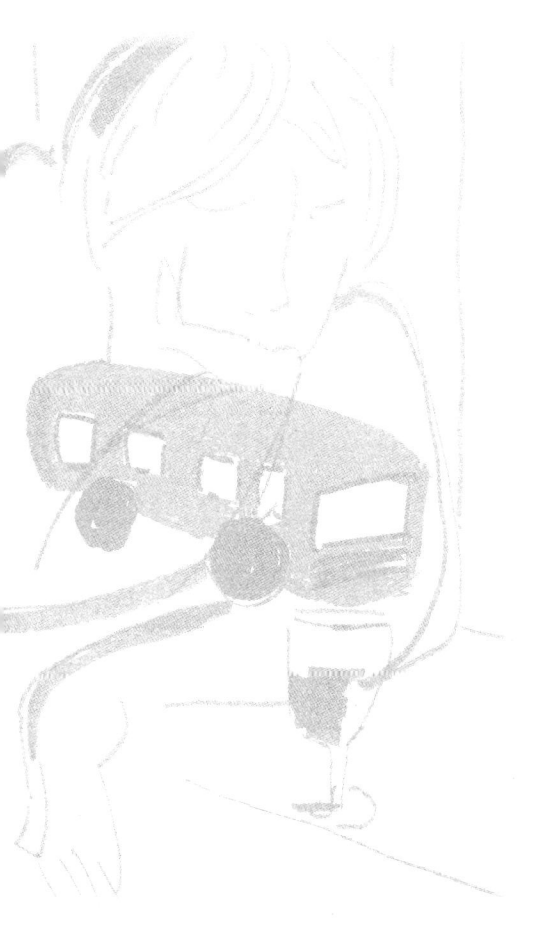

青岛山版集团 | 青岛出版社

图书在版编目（CIP）数据

粉色巴士 /（日）角田光代著；郑世凤译 . — 青岛：青岛出版社，2022.5
ISBN 978-7-5552-5080-7

Ⅰ . ①粉… Ⅱ . ①角… ②郑… Ⅲ . ①中篇小说—小说集—日本—现代 Ⅳ . ① I313.45

中国版本图书馆 CIP 数据核字（2022）第 011481 号

PINK BUS
© Mitsuyo Kakuta 1993, 2007
First published in Japan in 2007 by KADOKAWA CORPORATION, Tokyo.
Simplified Chinese translation right arranged with KADOKAWA CORPORATION, Tokyo through CREEK & RIVER Co., Ltd.

山东省版权局著作权合同登记号　图字：15-2020-378 号

书　　　名	FEN SE BASHI **粉色巴士**
著　　　者	[日]角田光代
译　　　者	郑世凤
出版发行	青岛出版社
社　　　址	青岛市崂山区海尔路 182 号（266061）
本社网址	http://www.qdpub.com
邮购电话	0532-68068091
责任编辑	霍芳芳
封面设计	今亮后声·任晓宇
照　　　排	青岛可视文化传媒有限公司
印　　　刷	青岛双星华信印刷有限公司
出版日期	2022 年 5 月第 1 版　2022 年 5 月第 1 次印刷
开　　　本	32 开（889 mm×1194 mm）
印　　　张	7
字　　　数	100 千
印　　　数	1—5000
书　　　号	ISBN 978-7-5552-5080-7
定　　　价	45.00 元

编校印装质量、盗版监督服务电话　4006532017　0532-68068050
上架建议：日本 / 文学 / 畅销

译序

在幻灭中坚强生活

正如角田光代在她的直木奖获奖作品《对岸的她》中所说:"人为什么要长大呢？不是为了逃进生活，也不是为了关上门，而是为了再相遇。为了选择相遇，为了自己走去自己选择的地方。"

可以说，这种相遇、再相遇与选择，在她1993年的芥川奖入围作品《粉色巴士》中，已经用整篇文字进行了淋漓尽致的表述。

记忆与现实、幻灭与新生、放弃与挣扎，人总是免不了要在两种相对立的情感或处境中进行选择，总是免不了不断地相遇和再相遇。我们在相遇和再相遇中不断选择,终老一生。最初的相遇有的成为记忆,只是活在别人偶尔闪亮一下的脑海里;而有的成为现实,无论对错,幸或不幸地以婚姻或者其他方式存续着。这就是我们的现状。而在或多或少总是倾向于平淡无味的现实生活中,总会有些再相遇像调味料一样重新刺激我们的味觉。有些再相遇是令人向往的,它会让人认清自己真正想要的是什么,找到真爱,重新进行选择与组合。该放手的放手,该抓住的重新把握,最终人人获得心灵的平和与安宁。而有些再相遇却让人生畏,尤其是那些令人不堪回首的往事。它会破坏我们未来有一定希望的生活,简直太不愿意想起,更不愿意被那些了解真相的人提起。当不经意间在脑海中与这样的往事再相遇时,恐惧几乎会把幻想当成真实,总感觉路上遇到的都是曾经的那些人、那些事。尤其在自己格外想珍惜眼前的生活时,记忆总会让人患得患失。

  本文女主角——怀孕中的冴子就变得十分脆弱。她既想守护自己眼前的幸福,生一个健康可爱的宝贝;

又害怕会生出不正常的孩子，担心自己不堪的过去会蹦出来阻挠。甚至连前来拜访的老公的姐姐——实夏子也成了威胁她幸福生活的眼中钉。"是有人故意设套，想坑害我吧？冴子迷迷糊糊地心想。先是把实夏子送到了自己家里，给自己植入应付恶作剧的疲劳感和不安感，又以此唆使自己往大学时代的同班同学那里去，让自己被迫听到不会说话的孩子的事儿，这还不算，还让自己想起了最不想回忆起来的往事。"

那么，在不堪回首的往事企图侵袭眼前的幸福时，是选择真实地生，还是选择虚伪地活，或是进行选择性忘却，将一切不利于自己的事实当作虚幻来坚强地重生呢？有人会选择忠实于自己的内心，坦白过去，把选择权交给对方。对方如果足够宽容或者足够爱，可能就会选择继续并肩前行。过去是过去，你的过去里没有我，所以我没有资格说三道四。而现在和未来有你同行，才是我该珍惜的。写到这里，想起了刚刚翻译好的一本书里的男女主人公，小说讲的也是一段再相遇的故事。男方不介意高中同学曾经做过别人的情妇，而女方也选择了勇敢地跟过去割裂，忠于内心并追求真实的幸福，最后自然是一个十分美好的结局。当然，对方如果介意过去，选择离开也是无可厚非的，毕竟在自己选择坦白之前，想必也做好了这种思想准备。同样还有一种情况，便是在选择坦白的同时，有人也选择了主动退出，觉得有过这些不光彩历史的自己，配不上别人的幸福。因为爱而主动退出，余生孤独，只靠记忆支撑着活下去，这样的人或许是坚强的，甚至是高尚的，可是绝对不能说是幸福的。事实上，这样的人在幸福面前往往比较自卑怯懦，他们唯一强大的是他们的忍耐功力了。用一般性观点来看，他们的人生要比厚起脸皮埋葬过去的人不幸得多。

而事实上，没有多少人可以强大到一个人活下去。虽然人是赤裸裸地一个人来到世界，也终将孤零零地一个人离开，但是，在世间的这段旅程，是需要有人陪伴的。尤其女性，更需要陪伴，需要那个能给自己带来安全感的人陪伴。这种安全，既指物质，也指生活在社会结构框架之内，社会伦理之间。正常有点意志会主动选择的人，即便厌腻了那些物质的劳碌和应付社会规则的疲倦，也难以放弃生活在这两者之中的安心感。他们不大可能像本书女主角冴子曾经崇拜的流浪汉平中铁男那样去生活，除非意志已死去，神经已麻木，精神已失常。而铁男正是这样的人。"在酒醒过来的同时，冴子突然理解了铁男是个什么样的人。他只是一个单纯得什么都不做的人，既没有什么反抗心，也没有什么过激情感，除了具有一种在路上也能自由地活下去的野性力量之外，内面并没有冴子所期待的那种精神力量。他并不是从所有的可能性当中禁欲克己地选择了最低限度的流浪生活，而是除此之外别无选择。"即便是徘徊在"一般正常人"和"社会边缘人"之间的冴子，也无法将这样的日子持续下去。在浑浑噩噩地跟铁男一起度过了十个月之后，她毅然决然将那种生活画上了休止符。让她做出这种选择的，与其说是"功利"之心，不如说是人性本能。她本能地开始追求相对"安全"的生活，开始羡慕"彼岸"的她们。遥望着她们的背影，朝着她们的方向走去。虽然有些延迟，但是总算回归"正常"了。读书，毕业，找一个有正经工作的老公养活自己。从冴子第一次跟拓司睡在一起时，她便本能地想到了"结婚"。"和拓司睡在一起的那个晚上，冴子想到了'结婚'这个词。那个词语仿佛是正朝着冴子微微打开的门扉，从那扇门里流出一道细细的、耀眼的光芒，简直要透射冴子的身体一般。安心于它的明亮的冴子……"那细细而又明亮的微光以"婚姻"的方式，给冴子约定了一个相对轻松安全的未来。这种轻松安全，有物质，有世论，也有性，可以确保她在世间少受伤害，她也不必担心生出奇怪的小孩了。"一想到可能会生出一个皮肤黝黑的孩子，龇牙咧嘴地傻笑着喊什么'朋友'，冴子就浑身起鸡皮疙瘩。"她已经认清了跟平中铁男是没有未来的。"铁男生活在现实的背面，如果跟他一起生活的话，自己也会有那样的未来。冴子虽然漠然地这样想着，但是她知道铁男其实等同于没有未来。"

为了未来，冴子结婚了。冴子的婚姻里有亮光，但是那并不是源自爱情。角田光代在《粉色巴士》中，对爱情只字不提。虽然她对《粉色巴士》的女主冴子做了一定的文学性的夸张处理，但是毫无疑问，冴子身上能折射出我们很多现实女性的影子。在相遇中选择，发现选择错误便舍弃。而对待过去的那段错误，比起坦白，冴子像我们大多数人一样，选择了隐瞒过去、忘却过去来努力抓住眼前的幸福。不想孤老终生，不敢脱离一般社会结构。这在人长大之后，在深知诸多社会利害之后，尤为如此。

在这样的选择面前，冴子可以说既表现出了迷茫焦躁、犹豫不安的一面，又突显了一种本能的自我保护意识和自小锤炼出来的"利己存活"技能。用曾经在角田光代作品评审中做过评委的日本著名作家渡边淳一的话来说，作品"真实写出了现代女性的切身问题，将她们狡猾、温柔、友情等感受性融入了日常生活中"。

冴子最擅长进行记忆大扫除，她会根据现实情况的需要来进行筛选，不定期地清理那些不利于自己的记忆。"清理记忆这事儿对于冴子来说，已经是一项很熟练的工作了。她曾经反复这样做过无数遍了。只需要将黏着在脑海中的记忆稍微往后推一推，替换上一些对自己有利的幻想就行了。"用社会一般的眼光来看，冴子绝非是"规规矩矩"的好女孩，甚至可以说是一个任性叛逆、更接近"社会彼岸"的人，游离于正常规制和边缘人之间。如果真要坦白自己的过去，估计连不嫌弃她留级多年的拓司也会受不了。换句话说，"正常社会""正常人"没有人能够接受吧。但是，不知算"好"，还是"不好"，我这里不敢用"好在她是一位……的女性"，而是用了"偏偏"，"偏偏她是一位随心所欲、随欲而生的现代利己主义女性"。在初中认定了要当叛逆少女的时候，她会抹除一切小学时"乖孩子"的记忆；在大学里一心当"大小姐"时，她会装腔作势地嘲笑明显带有自己影子的高中生；而在结婚生子之际，她带着坚强的意志将自己跟流浪汉鬼混的日子做了坚定果决的大清理。大概也正是因为她是这样一位胆敢不计后果、任意妄为的女性，所以她才做出了那些"异于常人"之事的吧。也恰好因为她具备清理这些"异乎寻常"之事的强大意志和能力，所以她才能重新抬起脚步前行吧。

叛逆这东西,大概人人都会有点儿。因为人是独立的个体,总会跟其他人或者统一的所谓各种社会规则有所区别。但是,绝大部分人都是将它限定在一定的范围内进行的,比如拓司他们的裸唱。"兴致高涨的男生们全都脱得哧溜精光,开始追着四处逃散的女孩子们唱歌。"虽然"亮出那器具,喝得醉醺醺的,一副自我感觉很了不起的样子,可是等会儿坐上电车回到家,第二天早上还是会在番茄汁里撒上盐喝吧,还是会若无其事地走上大街去交公共费用吧",还是会继续生活在框架之内。迷茫这东西,恐怕也是人类天生具备的。没有人能对自己的一切做法有勇气永远肯定,永不质疑。尤其年轻时的叛逆和迷茫,抑或年长时的劳累与困倦,人类不可避免的孤独与不安,都会让我们一不小心地犯错,或者十分小心地选错。关键是错误之后的再次选择、对不美好记忆的处理等都源自我们的性格。我们可能会与记忆或者是记忆中的人再相遇,对于喜欢的,是否有勇气摒弃权宜的安逸去抓住？对于不利于自己的，是否能做到想办法果断清除？

与其说是迷茫与困倦，毋宁说《粉色巴士》的女主人公冴子是狡猾和利己的。她用自己的勇敢和坚强，按照自己的意志，最终选择了被一般社会大众所认可，也比较安全的一种活法。为此，她手撕了自己的记忆，扔掉了象征着过去和烦恼的长颈鹿，以及里面包裹着的万千烦恼丝。"长颈鹿也沉甸甸的。……摩挲了一会儿之后，她将脸靠近长颈鹿的肚子，猛地用牙齿咬断了缝合的线。从一点一点裂开的肚子里露出来的是黑色的头发，冴子不由得将长颈鹿扔了出去……"做完这一切之后，"紧张感突然松懈下来了，她轻轻地笑了"。粉色巴士开走了，带走了过去，带走了不安，带走了迷茫。冴子的内心坚定了，回去。是的，一切不堪和不安都是梦，她要回到正常的社会生活中，努力让自己正常地幸福着。她要跟肚子里的婴儿一起重生了。

人生无非是不断地选择。可以说作品一开篇即将女主设置在了选择当中。"若无其事地说了声自己身体不舒服，拓司就开始他的长篇大论了……可是，那些他不让做的事儿，都是冴子从高中时代开始就一直在做的呢！早知道真不该跟他提起这个茬儿。"是选择说还是不说，或大或小，事情都会是不一样的结果。

在挫败和幻灭中选择堕落，还是选择坚强地生活？角田光代笔下的冴子是勇敢和坚强的。或者可以说，为了生存，女性是需要那么一点点狡猾和果决的。把过去和不安送到梦幻中的粉色巴士上，目送粉色巴士远行吧！我们就留在身处的现实当中，继续前进吧！

在第二篇小说《昨夜做了很多梦》中，作者开篇提到了死，通过对出场人物的描写，表达了自己对死的思考和生的感悟。

"明明是自己非常喜欢、对自己来说非常重要的人去世了，生活却没有发生任何变化……只是哭上个一两天、闹腾上一番，等到第二天，或者第三天，便又一切照旧了。"即便看到那些遗物，有时也会质疑记忆，逝去的人仿佛不曾存在过一般；有时又感觉他们恍若未曾离开过一般；甚至感觉一有机会，他们就会回来取走自己留在这个世上的东西一般。

除了一帮朋友，文中着墨较多的便是板垣和香子。香子一再强调自己"病"了，无法走到人群当中；而板垣虽走进了人群中，却又独自离开了。小薰在朋友的簇拥下，不断追忆着逝者，牵挂着这两位独特的生者，而且时不时还要被过去的小薰蹦出来诘责一番。可以说，比起那群喳喳喧哗的朋友们，孤独病态的香子和体验过死的板垣才是"生"的真实状态。

儿时的梦境里，小薰跟着沉默寡言的父亲走在山间小道上，父亲也一如平时那样故意逗她，可是走着走着，冷不防父亲拐到了一边，小薰也跟着跑过去看，展现在眼前的是一片无垠、辽阔的草原。父亲不见了，他已"隐身"荒野。人生道路上，没有谁能陪着我们一直走下去，即便是很爱很爱、对自己来说很重要很重要的人。人生，除了生离死别，还有各种分别。

陪小薰目睹至亲去世的恋人板垣也走了，突然失联消失几天去旅行，又突然宣告要去印度且未必回来。

板垣就跟开玩笑似的真的走了。即便在他走了以后，一切也都毫无变化。变化的，似乎只是小薰手腕上多了块他留下的表，印证着他曾经存在过。

小薰开始在意时间了，"表，表，表，表"，她追逐着时间，可时间无处可寻。过去、现在、死去、离开，眼前的幻影、儿时的梦境，都揉进了她的身体里。后来，小薰逐渐释然，继续跟朋友们欢闹着看海，此时她的内心已经容下星河百川。

最后，让我们带着自己非常喜欢、对自己来说非常重要的人们的温暖，紧紧拥抱眼前的人世间。愿我们在人世间看透生死，热爱生活，拥抱生活，走好自己以后的人生之路。

郑世凤

2022 年 1 月 20 日

目 录

译序

在幻灭中坚强生活

1

粉色巴士

1

昨夜做了很多梦

111

粉色巴士

若无其事地说了声自己身体不舒服，拓司就开始他的长篇大论了。什么要好好吃早饭啦，不要每天尽吃些自己喜欢的大碗面啦，不要抽烟啦，要多运动啦，不要老睡午觉啦……做到这些就没问题了呀……可是，那些他不让做的事儿，都是冴子从高中时代开始就一直在做的呢！早知道真不该跟他提起这个茬儿。冴子一张一张地往桌子上摆着水电费等公共费用清单，一面瞅着上面的数字，一面一一往计算器里敲着。这下脑袋里被塞进了一团数字，开始变得沉重起来。冴子将脑袋埋进了账单里。拓司站在她的身后，手指动作十分灵活地泡着咖啡。"健康这个东西吧……"他又开始夸夸其谈起来，"你放着不管它，它是不会主动跑过来的啦，必须要自己去创造才行。你不是一到夏天就总是那个样子嘛，老说自己身体不舒服。又不去看医生，又不运动的，一直吊儿郎当没有精神嘛。照你这个样子，本来会好起来的身体也会变得不好了啊。"

有点儿低血压倾向的冴子每年到了夏天，日子就会变得不太好过。这个夏天尤其如此。明明炎暑早已结束，已经有凉风开始轻拂，身体却依然慵慵懒懒的，所以自己才会那么说的。谁知道拓司并不理解这些细节。人这东西啦、健康这玩意儿啦，如此等等，开始笼统地摆出一些莫名所以的概括性道理，拐弯抹角地说冴子不好。一说起低血压，他就开始谈论"血压这个东西吧"；一说起"因为你自己健康，所以你是不会明白的啦"，他肯定就会开始啰唆自己的事儿了，"其实我这个人……"。冴子有时候会觉得拓司像个机器人，内部存满了总结到位的至理名言的机器人，说出的话都让人感觉似曾耳闻。

冴子无视拓司说了些什么，决定去看医生了。因为她想到了一件事，便没有去看内科。坐在对面的医生看了看冴子的红色牛仔裤和长袖棉毛衫，又抬眼看了看冴子的脸，有点儿歉意似的说道："可能不一定对，还是有点儿不太明确，再做个尿检看看吧？"

在等待检查结果出来的过程中，冴子若无其事地告诉医生自己已经结婚了，结果，医生听后再次按照牛仔裤、长袖棉毛衫和脸的顺序，重新审视了她一遍。"哦……是吗？……原来如此啊——"他拖着长长的尾音说道，"那么，是不是就可以断定是妊娠了呢？"

见冴子点了点头，医生突然加快了语速，说自己也有一个女儿，今年二十二岁了，完全没有要结婚的迹象。她做的是什么公交车向导的工作，自己存了个一百来万日元，去年去了澳大利亚。

"恭喜你！"

医生的神情仿佛十分安心，又好像非常开心。

"谢谢您！"冴子也不由得点头致谢了。

回家的路上，在等待拓司回来的这段时间里，她感觉自己的头脑好一阵子没有这么清爽过了，身体也轻松了许多。

然而，拓司似乎并没有感觉到冴子那玩味般的喜悦，只是低声嘟哝了一句："什么时候呢？"然后又急忙加上了一句"恭喜！"。这让冴子十分不满，她生气地问道："什么什么时候啊？是什么时候生呢，还是什么时候做爱中的？喂，你说的什么时候是什么意思呢？"

头疼和慵懒状态气势汹汹地卷土重来了。

"请问身体有没有什么不舒服的地方啊？您现在是怎样的一种心情呢？"

拓司慌忙将筷子假作麦克风，杵到冴子面前。

"身体不舒服，但是，这不是因为平时生活不规律、自甘堕落的结果。当我知道自己有了孩子的时候，觉得宇宙好厉害啊！"

"我马上就要当爸爸了呢。不好好努力不行啊，也必须要攒一点儿钱了。"拓司紧紧握着筷子，这样说道。

"哎呀，人这东西啊，有了孩子才会真正长大的呀！"冴子真怕他会接着再如此这般地说一些好像事不关己一样的总结性发言，胆战心惊地等着他的下一句。结果拓司只说了一声"这样啊"，就再也没有说话。然后，在吃饭的时候也好，在洗澡的时候也好，拓司一直在喃喃自语着："这样啊，这样啊。"

一个人泡在浴缸里的时候，冴子把手放到还是扁扁的肚子上，试着说了一句："感觉宇宙好神奇啊！"

当医生跟自己说"恭喜你"的时候，冴子觉得自己既像被卷进了一个大得离谱的瀑布里，同时又有一种像是总算越过了山川一样的奇妙心境。这下大概就不会再搞错了吧？大概也不会再被别人落下了吧？她心中蓦然浮现出来的是这么两句话。

冴子一直感觉朋友们都在对岸那边，而只有自己，不知何时好像拐错了拐角一样，留在了这边。原本一路一起走过来的朋友们，都一股脑儿地去了对岸，只把背影留给了自己。

从第二天起，接连两天，冴子开始四处打电话，告知亲朋好友自己已怀上孩子这件事儿。生过孩子的、没生过孩子的，都纷纷给出了无数忠告。什么绝对不要用药啦，不要提拿重物啦，不要抽烟喝酒啦，不要紧张生气啦，不要感冒啦，不要有什么憎恨和不安的情绪之类啦，如此等等，她们一个个比冴子还兴奋，将自己所能想到的所有注意事项都快言快语地说给冴子听。

打了两天的电话，等到再也找不出下一个可以打电话的对象时，冴子放下了电话，开始认真地阅读起《初次怀孕和生育》这本书了。当夕阳斜照进厨房的时候，冴子合上书本，嘟哝了一声："有规律的作息，稳定的生活。"然后，她回头看了一眼房间里的景象，简直乱得不成样子。报纸、广告传单、漫画和周刊散落了一地，房间角落里棉絮碎屑和掉落的头发缠络在了一起。冷不防，她的心里单纯地产生了这样一种心境：处于烦躁的生活状态下会生出爱生气的孩子，处于杂乱的房间里会养出没有头绪的孩子，处于吊儿郎当的生活中就会生出吊儿郎当的孩子。冴子呆呆地眺望着被夕阳染成橘色的房间，脑海中有一个叫作"完美"的词语啪咔闪了一下。完美的孩子，完美的生活，完美的房间，这是多么动听的回响啊！冴子悄悄地站了起来，一面跟慵懒和头疼做着斗争,一面开始一件一件地收拾房间里的东西。

她擦掉茶杯上厚厚的茶垢,擦亮溅满油星的水壶,洗净了窗帘,把杂志捆绑成束,用薄纸将高跟鞋包起来,收纳到了箱子里。每干三十分钟,便休息十分钟。干着干着,无论如何都想抽烟了。应该还不要紧吧?冴子慢慢地吸了一口烟。一种酣畅淋漓的满足感,让她不由得轻声感叹:"活着真好啊!"

房间狭小啦,没有多少收纳空间啦,东侧缺少一个窗户啦,虽然这样的基础性问题没有办法解决,但是,冴子花了三天时间努力之后,忙活着收拾完的房间还是达到了一个相对完美的状态。第四天,送走拓司以后,她睡了个午觉。两点左右睁开眼睛的冴子,突然想起了还有潜藏在脑海里未曾收拾的东西。她用自己仿佛塞满了湿毛巾一样迷迷糊糊的头脑,打定了主意要丢掉从前的一部分记忆。静静地擦了一会儿厨房的地板之后,冴子开始着手进行她的这项新工作。伴随着记忆的逐渐稀薄,脑袋里残存的睡意也逐渐消失了。

清理记忆这件事儿对于冴子来说，已经是一项很熟练的工作了。她曾经反复这样做过无数遍了。只需要将黏着在脑海中的记忆稍微往后推一推，替换上一些对自己有利的幻想就行了。

比如进了初中以后，下定决心要当不良少女的冴子，把自己在小学里受到老师表扬的那些话、懂事听话的那些回答、按时完成作业的那些好学生行为统统都忘掉了，一心认定自己从出生时起就是斜眼看世界、一直跟世间的一切对着干的小坏蛋。这个崭新的记忆在她进入大学那一年再一次得以修正。冴子进入大学那年，不知为何，盛行大小姐风。轻而易举地沦陷进去的冴子，便将过去那段反抗的记忆视为障碍了。曾在更衣室里吸八四啦，超量吃感冒药后哈哈傻笑啦……她把它们全都重新认定成幻觉了。这么一来，奇怪的是，感觉所有往事都只不过是幻觉而已了。她不仅想不起感冒药的标签，同时就连上课学的是什么内容、班主任叫什么名字也全都记不起来了。她还能穿着制服，画着眼影，在这番奇妙的搭配之外，再加上一个仅能装一张垫板的小包包,一说起在远处车站的自动售货机上买烟抽的女高中生,也能够由衷地嘲笑人家了:"啊,对对,那时候每个班里都会有一两个那种人呢。"

在上大学之前,冴子每几年就进行一次记忆大扫除。而在多愁善感的大学生时代,这项工作一共进行了四五次。每换一次交际圈,冴子就会进行一次大扫除。一会儿是装腔作势的大小姐,一会儿是假冒伪劣的伪学者,一会儿是男女关系不检点的淫乱女,一会儿又是生不逢时的六十年代落魄嬉皮士。

冴子自认为有点儿异乎寻常的学生时代,在去预订结婚场地的时候,曾经一度被她全部从记忆中清除掉了。如今,宛如溜光闪亮的厨房地板一样,记忆又再一次彻底地被她拂拭得干干净净了。她决定把它们全都忘掉。婚后至今的生活,每天从早上六点开始看电视综艺,开着电视睡着了,一直到晚上八点还在放着综艺节目和电视剧。早早厌腻了婚姻生活,从早喝到晚,喝得烂醉如泥。给曾经的恋人打电话,有意无意地想约人家上床却惨遭拒绝。为了自己的幸运,买回来三个图章，每天在白纸上盖章。总而言之，感觉有些"不太对头"的那些事儿，她决定统统忘掉。迄今为止，特别是在扔掉初中和高中的记忆时，还必须一并清除那些记忆力好的朋友。好在结婚以后的生活比较轻松愉快。如果将婚后至今的时日总共算作十成的话，那么有九成的日子，冴子是一个人躺在公寓里睡觉或者看着电视、读着漫画度过的。这样的生活是不必提心吊胆地担心某个什么朋友会突然记忆复苏的，说什么："对啦，冴子还在刚来的男老师的点名册正中间，夹过用红色万能笔涂红了的卫生巾，对不对？你怎么能想得出那种主意呢？一直觉得你好厉害啊！"

冴子擦干净地板，擦好溅有油星的墙壁，擦亮烧焦的锅和生满铁锈的排水口，心情渐渐好了起来。她去买盆栽植物了，买回来三棵贴着写了"幸福之树"标签的观叶植物。在回家的路上，脚步逐渐轻松起来。冴子确信自己已经成功完成了记忆大扫除这项工作。

这是一个响晴的星期日。冴子开着收音机，正在晾晒洗好的衣物。门铃突然响了起来，拓司起身去门口查看情况。不一会儿，他领着一个长头发的女人回来了。女人表情僵硬，朝冴子深深鞠了一躬。

"这是我老姐！"拓司说道。

"啊，你好，我是冴子。"

冴子有些慌张地打了个招呼。她赶紧关掉了收音机，将手里一直拎着的袜子塞到篮子里，走进屋子。冴子是第一次见到自己的大姑姐。

拓司有个姐姐这件事儿，冴子是知晓一二的。在她去拓司家里拜访的时候，曾经被拓司叮嘱过："不要谈论任何关于兄弟姊妹的事儿啊。"但是，他的母亲有些忧虑重重地提起了这个话头："她原本就不是一个规规矩矩的孩子。""规规矩矩"，冴子在心里重复着这几个字。"突然就离家出走了，从那以后再也没有跟我们联系过。这样的情况有过好几次，不过一直都是隔个一年半载的就会自己回来。可是这两年，完全没有回来过。我们已经放弃她了，觉得这是没有办法的事儿了。现在我们心里，就权当只有拓司一个孩子。"因为她说这话的时候，是一副非常过意不去的神情，所以把冴子搞得胆战心惊的，担心她会不赞成自己和拓司的婚姻。冴子甚至想把自己的那些斑斑劣迹全都说出来，将自己的"过意不去"跟她比个上下："我可是一个曾留级三年、连个正儿八经的工作都没有做过的女人啊，妈妈！"但是，关于他姐姐的话说到那里就结束了。一直到举办结婚仪式为止，不，一直到结婚之后，他们也从来没有再提过他姐姐的事儿。

"我是立花实夏子，请多关照。"女人说了这么一句话后便不再吭声，而后默默无语地思考了一会儿，又说道，"突然来打扰，对不起。那个……我不知道小拓结婚了，我一直不在家。"

冴子给她端来了咖啡，女人抬眼看着冴子，说话时神色不安。

"我们是去年秋天结婚的，和您还是第一次见面。"

"是呀。"

实夏子深深地低着头，头发挡住了她的脸部。她一面抚弄着自己的手指，一面小声嘟哝着："嗯……啊……

嗯……那个,您请继续洗衣服吧!"

"没关系的啦,洗不洗衣服的。"

冴子这样说着,笑着看了看拓司。拓司什么话都没说,一起瞅着实夏子紧盯着的手指指尖。因为不知道该说什么好,冴子说了句:"那么,我就……"便回到了阳台上。冴子一边晾晒衣服,一边不时往房间里瞅去。

女人跪在椅子上,跟拓司促膝交谈了起来。他们的说话方式十分奇特。明明房间里只有他们两个人,她说话的时候,脸却跟他贴得非常近,近得有些不自然。两个人简直就像在一直盯着一个小小的宝物互相交流一般。难不成有一粒画满了图的小米粒之类的东西,放在女人那只手掌上了吗?冴子使劲探着身子想瞅一下,不过,当然什么都没有,能看到的只有实夏子白白的手掌。

冴子把洗好的衣服全部晒完以后,在为是否回房间而犹豫不决。她倚靠在阳台的栅栏上,向下俯视着正方形的停车场,一辆一辆尽可能多地读着汽车的车牌号码。

姐姐到了傍晚也没有回去。冴子开始准备晚餐了。拓司和他的姐姐并肩而坐,看着电视。

准备好了晚餐之后,冴子喊道:"可以吃饭啦!"她这样催了三次,两人才总算回过头来,坐到了饭桌前的座位上。

"还要麻烦你做饭,对不起啦。"

实夏子的表情比刚才放松了不少,拿起了筷子。

"不知道是否合您的口味。"冴子说道。不等他们开始闲谈,冴子自己先开始滔滔不绝地扯了起来:"新婚旅行,我们去的是夏威夷。那边的人都会说口语,感觉缺少点儿旅行的味道呢,是吧?啊,对了,我们还录像做了DVD呢,不嫌弃的话,等过后放给您看看吧。不过,话虽这么说,也都已经是很久之前的事儿了。因为要去旅游,就买了DVD,可是只用过那一次,之后就再也没有用过了。对吧,拓司?因为拓司是第一次坐飞机,想从成田机场就开始录像,但是,不小心把说明书给搞丢了,好一个折腾呢。是吧，拓司？虽然才刚刚过去一年，可是感觉有点儿怀念了。毕竟从那时以来，就再也没有机会出去旅行了，是吧？"

冴子一边笑眯眯地说着，一边向拓司一一求证着。拓司一一默默无言地点头。照亮了晚餐的荧光灯下，只有冴子的声音在叮当回响。

"去了夏威夷吗？怕是很热吧？"过了一会儿，实夏子说道。

"嗯，是呢，非常热。因为我血压有点低，好多次身体都不太舒服呢，是吧，拓司？但是因为拓司先生不了解那种感受，还生我的气呢，是吧？我没说错吧？"

"大海，很漂亮吧？"还是又隔了一会儿之后，实夏子说道。

"那可真是漂亮呢！因为我不会游泳，去不了太远的地方，不过，拓司去了好远的地方呢，是吧？拓司你怎么了？也不说话。"

"真是个好地方啊！"

拓司只说了这么一句，便沉默不语，开始动起了筷子。继续沉默良久之后，冴子琢磨着新的话题。

"我怀孕了呢。"

实夏子什么都没有说，抬起了头。

"孩子，"拓司说道，"明年夏天出生。"

"已经三个月了呢，是吧，拓司？好在孕期反应不是那么厉害，还比较让人安心。捂着嘴巴呜呜地跑到卫生间，漫画里不是经常有那种场面吗？可我并不是那样，只是经常会有一点儿干呕罢了。"

冴子说到这里停了下来，等着实夏子说话。实夏子一直在用手指上下划拉着啤酒瓶上沾满的水滴。

"有点恶心。"她说道。

"啊？"

"怀孕让人感到非常恶心。搞不懂什么结构，道理虽然明白，但又感觉有点儿怪异，对此我一直感觉很不可思议呢！怀孕的人自己没有任何疑问，一副理所当然的神情，好像已经成了母亲一样。当然，她们也会有不安之类的情绪吧，不过，我心里想的，是更为基本的一些疑问。"

突然开始长篇大论的实夏子把冴子吓了一跳，冴子惊讶地看着她。喋喋不休的实夏子把食物喷到了盘子里，当她看到冴子因自己的话而惊讶得目瞪口呆时，她急忙闭上了嘴巴。冴子突然扔了筷子，简直想要哭出来了。告诉别人怀孕了，被人说"恶心"还是头一次。虽然也不是谁不好的问题，但是，从夏天开始就每天身体不舒服，平时喝酒都不吐的自己时不时地带着一种十分凄惨的心情呕吐着，宁肯跟拓司打嘴仗也不敢将就他做爱了。单单想一下这个状况要持续两个月之久就会让人感到身心疲惫。倒也不是因此而要寻求别人的表扬，但是居然偏偏被人说什么"恶心"。冴子求助地看了看拓司，可是拓司好像什么都没有听到一样，只管动嘴吃着东西。那副漠不关心的样子，让人一瞬间不由得认真怀疑起跟他结婚是不是个错误了。冴子感觉胃里开始翻江倒海起来，她起身离开了座位。

"我给你们买烟去。"

她朝着拓司的背影说了这句话之后，走出了房间。在黑暗中深深地吸了一口稀薄的空气，走到了自动售货机前。买完七星烟和自己抽的好彩烟之后，便在公园里抽了一支。冴子将手放到还没有鼓起来的肚子上，在心里道歉着："对不起，宝宝。"坐在秋千上，她的脑海中浮现出实夏子的身影，一种突如其来的、不好的预感混杂在黑暗中，嗖的一下子将冴子包裹起来了。心情再次不好起来。冴子蹲在粉色大象的身后，嘎的一声吐了出来。几滴透明的唾液滴落下来，但很快就被吸进了地面，染黑了一片。

回到公寓打开门的时候，冴子瞬间有种待不住的感觉。拓司和实夏了守着面前脏兮兮的碟子在聊天，看见冴子后说了一声"你回来了"，接着两人又将脸凑在一起，继续聊了起来。冴子有种进错了房间，误打误撞地走进别人生活空间般的感觉。拓司是丈夫，实夏子是妻子，孩子就在实夏子的肚子里，而自己则像一个居无定所的大学生一样。这种心情瞬间闪过。冴子关上门，慌忙环视了一圈房间内，确认了一下窗帘、桌布和餐具架子里的东西。那些东西依然好端端地放在冴子印象中的位置上，这让冴子松了一口气。

冴子做了一个非常讨厌的梦。虽然在起身的那一刻,她忘记了梦的具体内容,但是,那是一个让心情沉甸甸地跌落至谷底的、极其讨厌的梦。天气非常炎热,她有种身体沉重、脑浆几近迸裂、鼻血几欲喷出的感觉,仿佛又重新回到了夏天似的。她将手放到额头上沉思期间,指尖黏黏糊糊的,感觉全是汗。

晕晕乎乎地站起来一看,黑暗的和式房间里,有橘黄色的微弱灯光在不断闪烁。明明记得没有开空调,而空调却在嘎啦嘎啦地响着,送来了暖洋洋的风。冴子想去把它关掉,便走进了旁边的房间里,她发现实夏子并不在白色的被子里。她悄悄地往厨房窥视的时候,余光瞥见卫生间里露出了一束细细的亮光。冴子凝神看了看表上的指针盘,往卫生间瞅去。实夏子正在对着镜子拼命地化着妆。冴子慌忙返回卧室,闭上了眼睛。她尝试着思考深更半夜三点钟实夏子化妆的原因,却什么都想不出来。

"我觉得一直开着空调暖风睡的话,空气会很干燥,这样对身体不好,要把它关掉。"在餐桌上吃早饭时,冴子说道。"不是我干的啊。"拓司笑眯眯地回答道。拓司早晨精神头儿最好。冴子将视线从拓司脸上挪开,看了看坐在拓司身旁脸色苍白的实夏子。她的脸上并没有化过妆的痕迹,身上披着冴子薄薄的粉红色睡袍,视线正投在味噌汤、鲑鱼和生鸡蛋这三样食品构成的三角形的正中央。冴子什么都没有说,和她一起往味噌汤、鲑鱼和生鸡蛋的正中间瞅去。

在她们瞪视着空无一物的一个点的时候,拓司吐出一句不明所以的台词:"打起精神来嘛。"然后拍了拍冴子的后背。他去厕所刷完牙后,拿着报纸出去了。在关门声传来的一瞬间,冴子抬起了头,急火火地站起身来,朝着门口大喝了一声:"今天几点回来啊?"

没有回应。

收拾完餐具,全部洗刷完毕之后,实夏子依然脸色苍白地坐在餐桌旁,视线也依然投在跟刚才几乎同样的地方。

"困的话请去休息一下吧。"冴子说道。

"不要紧的。我是低血压,早上有点儿……"

实夏子声音小得几欲消失。

要过规律的生活,冴子在心里自语着。她抬头看了看表,走进了卫生间。她在实夏子的盘子上罩上了保鲜膜。冴子偷偷瞅了瞅实夏子,她还跟刚才一样,盯着空无一物的一点在看。冴子没有管她,泡了杯咖啡,换了身衣服之后,去里面的房间打开了电视。这次她没有看综艺频道,而是选了儿童节目,随手翻了翻还是崭新的《初次怀孕和生育》一书。等回过神来的时候,发现自己已经熟睡了好久。醒过来的冴子连忙关上电视,站了起来。

她拿着咖啡杯去厨房一看,实夏子不在那里。悄悄环视了一下四周,看到实夏子的背影在洗手间里,她一直站在镜子前。感觉像看到了什么不该看的东西似的,冴子慌忙返回里面的房间,将实夏子的被子晒到了阳台上,缓缓读了两遍稀疏散停在杂草丛生的停车场上的几辆车的车牌号码,吸了一支烟。"对不起了,宝贝,妈妈是因为有迫不得已的情况才想抽烟的呢。"她在心里这样默念道。打定主意以后,她再次往卫生间瞅去，结果发现实夏子保持着跟刚才完全一样的姿势，一直站在那里，茫然若失地盯着镜子。保鲜膜下的鲑鱼和生鸡蛋在闪闪发光。

冴子买完东西以后，埋伏在回家路上的车站里等拓司。她就那么拎着东京急行电车车站的塑料袋，在检票口站了两个小时，总算逮到了拓司，并把他拉到了附近的咖啡馆里。

"那个人究竟是怎么回事呢？一直都不见人影，为什么突然出现了？喂，我说，她究竟要在我们家待到什么时候呢？不会要一直待下去吧？你看起来跟她关系很好的样子，是不是她一直都跟你保持着联系啊？跟父母什么都不说，只跟你联系吗？而且还有啊，昨天那是说的什么话呢？怀疑她是不是精神有问题啊！我可有孩子了啊，凭什么非要被别人说恶心呢？"

服务员一端上来咖啡，冴子就伶牙俐齿地说了起来。拓司用勺子慢慢地搅和着咖啡，不动声色地答道："我觉得她应该很快就走了吧。"

"什么是觉得应该？也就是说她并没有好好定下来

什么时候走吗?"

"嗯。"

"嗯?"

"可是,我也不好直接这样去问她本人什么时候走啊?人家也并没有添什么麻烦啊。"

"为什么她会突然来我们家呢?发生什么事儿了吗?"

"她不怎么说呢,那些事。"

"你早就知道她那天会来吗?"

"不知道啊。"

"这个样子下去不要紧吗?"

"什么不要紧啊?行了,详细情况后面我会慢慢问她的,我觉得也不是什么大不了的事儿吧。"

冴子翻着白眼看着拓司,啃着指甲。

"你们不是在鬼鬼祟祟地说什么悄悄话吗?究竟在说些什么啊?"

"鬼鬼祟祟地说悄悄话?"

"就像这样,不让我听到的样子。"

这么说着，冴子一下子将脸凑近了拓司。

"你是不是对她有点儿偏见啊？那是那个人的习惯呀，一有自己不熟悉的人在场，她总是那样说话。"

"你跟妈妈联系一下说一声吧。"

"姐姐就是因为没法回家，才来我们家的。你也听过的吧？妈妈已经不把她当女儿看待了，我觉得她的家人已经只有我一个人了啊。"

虽然尝试着问了一通，却没有得到想要的结果，冴子吸着咖啡，思考着接下来要说的话。拓司的话就像他平时所说的那种"人这东西啊"一样，听起来像是一种轻飘飘的什么东西，听着听着，甚至感觉那个女人不像拓司的姐姐。

"那个人真的是你姐姐吗？"冴子索性问道。

"不是姐姐是谁啊？不要说些恶心人的话。"

这个说法让冴子有点儿生气，她一口气直说道："那个人，是不是有点儿奇怪啊？今天我跟她两个人单独在一起的嘛，她什么都不跟我说呢。咖啡放在哪里了，烧水壶怎么用，我全都告诉她了，也和她说了冰箱里的东西，喜欢什么随便吃随便喝，可是，她什么也不吃、什么也不喝呢。"

"姐姐这个人啊，极端怕生，好像总是很紧张的样子呢，所以才会经常说一些莫名其妙的话，她就是那么一个人。"

"我留意着观察了一下，发现她在卫生间里站了两个小时呢。"

"确实有一点儿奇奇怪怪的地方。"

"都不理我呢！"

"'不理你'，你们难道是两三岁的孩子吗？"

"我才不知道那个人几岁呢。"

"已经年过三十了啊。"这么说着，过了一会儿，拓司又追加了一句，"她一直都有点儿奇怪，不要放在心上啦。冴子一切照常，该怎样还怎样就行了。"

拓司抓起结账单，站了起来。冴子也急忙跟在他身后。

"我说，虽然你心里想着你的家人没有什么问题，但是不要忘了啊，我肚子里还有孩子呢。"

"我也觉得对不住你啦,可是,她对你来说,也是家人啊。"

拓司依然背朝着冴子说道。冴子将双手插到兜里,悄悄摸了摸因为心情焦躁的缘故,还没来得及翻阅的崭新的亲子手册。塑料袋在冴子的手里哗啦哗啦作响。

"你们回来啦。"

实夏子简直就像这个家庭的一分子似的,满脸笑容地迎接两个人的归来。冴子瞬间感觉身体有点儿僵硬。实夏子不再是今天早上的那个濒死状态,而是用一只手夹着一支香烟,围着冴子转个不停:"今天晚上吃什么啊?"冴子去里面的房间脱上衣的时候,不由得哇地叫出了声。在冴子去买东西、跟拓司在咖啡馆里度过的几个小时里,不知发生了什么,房间那边建成了"实夏子的一角"。窗帘轨上挂着几件实夏子的衣服,窗帘下面整整齐齐地摆着一排破旧的毛绒玩具。冴子的嘴巴张开以后,就再也没有合拢过。她想都没想,开始数起了毛绒玩具的个数,一共有十八只。冴子气势汹汹地回头看拓司,可是拓司跟往常一样,脱掉上衣,摘下领带，只说了一句："我帮你做晚饭吧？"

冴子盯着窗外黑暗中在晾晒还没有收回的、发亮的被子，说了声："把被子收进来。"

喉咙深处的力量好像也随着声音一并消失了一样。

坐在晚餐桌前的实夏子分外欢闹，既不像昨天那样低头耷脑，也不是怯生生地无话找话地"嗯……啊……"了，而是如一起长大的朋友一般，跟冴子说着话。一会儿嚷嚷"啊，肚子饿啦"，一会又叫唤"哇，是幼鲕鱼"。

"你不吃吗？"

看到冴子不动筷子，实夏子紧盯着她问道。

"有点儿没有食欲。我觉得再稍微过一阵子就好了吧。"

拓司看电视里的棒球直播入了迷，不时自说自话，一会儿"啊！"，一会儿"干什么呢？"，不停地喊着。

"男人真是讨厌啊，沉迷于这种东西，就好像自己在做教练似的，自言自语地嘟哝个不停。这么看着电视吃东西，能尝出来饭菜的味道吗？"实夏子这么说着,又盯着冴子的脸看,"白瞎了这么好吃的饭呢。"

那番话听起来十分扁平,没有实感,冴子感觉恍若有一股塑料味儿传来。那股塑料气味带着冴子的记忆回到了高中时代一起玩过的麻美子那里。她是一个笑起来很美的女孩。考试前曾经担心地说:"怎么办呢?没有学呢。"考试之后又说:"小冴跟我比,完全不要紧的啦。"不知为何,麻美子从记忆深处突然跳了出来,坐在饭桌的一角笑着。

那天,实夏子和拓司没怎么说话,两人没有将脸凑到一块儿,这一点让冴子有些安心。拓司在看电视,实夏子在跟冴子搭话,两人这样各干各的,分别朝着不同的方向,没有任何交流的时候,不知为何,他们看起来又像是姐弟了。

"实夏子姐姐有好多毛绒玩具啊!"

"嗯,我这性格总是不舍得扔呢。我给它们全都起名字了。"

"它们都叫什么名字呢?"

"秘密。"

实夏子这么说着,咧着嘴傻笑了。那笑容就像一个胸部很大的娃娃一样,不知哪里失去了平衡。长得挺漂亮啊,冴子第一次在心里这么想着。心情好转起来的冴子不由得若无其事地问道:"实夏子姐姐要在这里待多久啊?"

实夏子脸上的笑容一下子收回去了,这让冴子瞬间有一些紧张,不过很快,实夏子再次露出了笑脸:"不好意思了,突然来住,打扰你们了。如果方便的话,能不能再让我住三天左右呢?"

"对不起啦,我不是那个意思。"

"没事,我一直都觉得很抱歉。"

"什么嘛,都是自己人,一家人不必客气的呀。"

不知何时,视线回到了这边的拓司说道。

"拓司说得对呢!"

冴子也随声附和道。此时,不知为何,冴子内心真的变成了那样一种心情。

当天晚上,三人一起看了拓司大学时代的现场演奏会DVD。实夏子夸张地笑着,几度仰头大笑差点儿从椅子上滚落下来。冴子也变得兴致盎然，滔滔不绝地解说个不停。

"这个时候拓司先生上四年级，我上三年级，我们是同一个社团的呢，不过，开始交往是在我毕业以后了。哎，您瞧，那个发型，敢相信吗？黑人蓬松爆炸款发型呢！可是头发太软，唱着唱着歌，一流汗，头发就渐渐坍塌下来了，脑袋变得像个拳头一样难看了，是吧？是吧？我当时觉得这个家伙怪吓人的，一直不敢理他呢。"

拓司和实夏子都笑了。冴子这个独生女心头隐约闪现过一个想法，觉得在父母不在家的夜里，一起熬夜的姐弟俩估计就是这个样子吧。

"您这是硬摇滚呢，还是朋克呢？请问这个装束到底算什么呢？这种东西哪里有卖的呢？这番激情是怎么回事？你是不是体内被注射了什么东西啊？"

实夏子抓着冴子的手腕，哈哈大笑。她手上的温度，甚至都感觉好像是对冴子的孩子无言的祝福一样。

等到大家都静静地进入梦乡以后，冴子感觉肚子饿了，便爬了起来。她悄悄地走进厨房，打开冰箱，拿出了幼鲕鱼，在白色的米饭上罩上保鲜膜，放到微波炉里热了下。坐在鸦雀无声的房间里，有一种十分满足的感觉。在等待微波炉停下来的时间里，冴子环顾了一圈，摆得整整齐齐的餐具架、擦得闪闪发光的洗碗池、垂下来的桌布，以及贴在墙壁上的明信片，不错呀！她心想。

揭下保鲜膜，冴子将脸趴到了散发出来的热气中，一股非常讨厌的气味传来。感觉好像自己的心情被现实背叛了一样，她再一次将鼻子轻轻凑近了饭碗。冴子直接将那白白的米饭倒进了洗碗池里，很无奈地只吃幼鲕鱼，使劲一咀嚼，幼鲕鱼在鼻息深处发出了一股钝钝的钢铁味。她再度打开冰箱，却没能发现其他可以立即食用的东西。冴子没有办法，将散发着钢铁气味的幼鲕鱼吃掉了。厨房里寂静无声，能感觉到自己咀嚼东西的声音在耳朵深处响起。心情变得悲凉起来，她多次在内心祈祷着，今天不要做讨厌的梦。

一觉醒来走进厨房的时候,她闻到了一股奇怪的味道。冴子站在微微昏暗的厨房里,不断地抽着鼻子,她闻到了一股似乎是酸酸的、闷闷的气味。这个气味似曾相识,冴子心想,但是,她又感觉那好像是一种不该想起来的东西一样。冴子不假思索地打开了窗户。她觉得有些不舒服了,去卫生间漱了漱口。亚麻油毡上落了很多细细的头发,是褐色的细发。冴子走到马桶那里,吐了,心情突然悲伤起来。

送走去上班的拓司,跟脸色苍白的实夏子相对而坐。冴子独自喝完了茶,洗完了餐具,看了看表,走进了厕所。她数了一下实夏子来后的日子,正好是第三天,但是,实夏子没有要回去的迹象。

从厕所里走出来的时候,她感觉厨房软蓬蓬地歪扭了起来。冴子蹲在那里,不由得嘟哝道:"不要吧。"明明这么努力地、有规律地生活着,身体状况却在不断恶化。冴子从许久一动不动的实夏子的身边经过,走进了自己的卧室。

夏天在外面待得时间长了,就会有这种情况,冴子心想。脑袋忽然开始迷迷糊糊，身体沉重得就像自己变成了一个大相扑手，空气宛如塑料膜似的紧紧地缠绕在皮肤上，脑袋深处开始疼痛起来。而且，现实逐渐远去，景色开始歪斜、模糊，宛如水彩抽象画一样的风景当中，出现了一些间隔距离相等的小黑点，小黑点渐渐开始膨胀，胀成了间隔距离相等的黑乎乎的大球，密密麻麻地排列在了眼前。这些黑球继续膨胀着，在下一个瞬间啪的一下子破裂，将整个视野染成了一片漆黑。完全漆黑一团倒也舒服，可接下来再睁开眼睛的时候，现实又完好如初地带着真实的线条返了回来，那里有时是未曾见过的车站的站长室，有时是太阳照射不到的月台长椅，有时是不知何处的病房。然而，即便身处这种从未嗅过的陌生气味和照射进来的令人不太习惯的光线中，也感觉比那稀薄的现实要可亲得多，它们让冴子感到安心。

冴子无意中一直在等待那些黑色的点点出现，等着它们从那钝钝的疼痛中出现、胀大，将冴子的视野染成漆黑一团。这么一来，再次睁开眼睛后就可以重新返回，但是，黑色的点点完全没有要返回的迹象。

冴子对坐在厨房桌前一直紧盯着一张明信片看个不停的实夏子说了声："我休息一会儿。"

她说完便钻进了被窝里，远远听到一声回答："嗯。"一躺下来，她感觉舒服了一些，柔和的阳光斜照进来，将床脚和地毯连成了一片。软绵绵、轻柔柔的睡眠豆荚很快就开始将冴子包裹起来了，在等待跌入深眠的那段时间里，身体的痛苦也逐渐消失了。幸亏那时候收拾了一下房间，虽然如今已经开始一点点地乱了起来，但是依然还处在能让心里踏实的程度，还保持着那个时候所感觉到的完美。

冴子用睁开了一半眼睑的眼睛环视了一下房间，四处确认着。这时候电话铃声突然响了起来，将包裹着冴子的豆荚刺啦刺啦地往外撕扯着，但是她没有想起床的意思。实夏子会帮自己接吧，她想。可是铃声始终没有停歇。

实夏子大概没有听到那高亢的声音吧，冴子心想。冴子完全不明白实夏子一整天都在做些什么，她宛若一条活了太久的老狗一样，一天到晚只管一直盯着镜子看，一直坐在桌子边上发呆，盯着一群毛绒玩具瞅……像泡个茶、洗洗碗碟、听听CD、翻翻书本这种有点儿目的性的事情她完全都不做。有时候都让人怀疑她好像不是真实存在于这个房间，而是在完全不同的另外一个空间里活动着似的。很久以前，父亲曾经不小心搞错了，买回来一只比较大的莺哥。感觉实夏子就像那只莺哥一样，有时吧嗒吧嗒四处乱飞，有时又一直停在栖木上死盯着天空，然后某一日突然冷不防噗的一声展开翅膀，啪嗒一下子从栖木上掉落下来了。

柔软的豆荚将冴子完全包裹起来了，冴子昏昏沉沉地熟睡了。等她再次睁开眼睛的时候，窗上照射进来的光线位置微微向上倾斜了。冴子缓缓地环顾了一下四周，一阵冷风从微微打开的窗户中吹了进来，镶着蕾丝边的窗帘在闪闪发光地摇曳着。旁边房间里铺着的白色被子完好如初，那里映射出一个单薄的身影，有人在那里。会是谁呢？冴子悄悄转了下脑袋，耳畔传来头发和枕头互相摩擦的沙啦沙啦的声音。窗边摆着一排毛绒玩具，实夏子就坐在它们的正中央，一直瞅着阳台外面。哦，对了，是姐姐在这里啊。实夏子眺望的玻璃窗外是停车场，有一家独门独栋的房子，它的对面是一片蓝天。光亮中，实夏子和毛绒玩具都闪着白光，看上去毫无表情。冴子用她迷迷糊糊的脑袋瓜，再次按照顺序数了一遍，狐狸、棕熊、白熊、猫、乌龟、狗、米老鼠、兔子、实夏子、猴子……接着又再次垂下眼睑，像亮光逐渐淡出视线一样，冴子再次陷入了深眠。感觉好像实夏子来到了跟前，在使劲盯着自己看，但是，冴子并没有睁开眼睑。"不舒服吗？"她在脑袋正上方轻轻细语道，声音仿佛在梦里一样模糊。各种声音传了进来："不要什么孩子就好了嘛。""如果不需要了怎么办呢？""那小小的脑袋瓜什么时候才能开始自己懂点儿事呢？"

"孩子。"冴子昏昏沉沉之中嘟哝了一句。

一种令人怀念的回响响过。这种事情以前也曾经有过，那是什么时候的事儿来着？刚过二十岁的时候吧。上大学的时候，从未推迟过的例假来晚了，自己一个人心惊胆战的。那个时候既没想过什么宇宙问题，也未感到一丝一毫的开心。虽然当时跟很多同班同学不一样，脱离同学是她十分擅长的一件事，可是，怀孕，她认为是犯规的，玩得过火了。一位关系不错的同班同学，名字叫什么来着？不是友子，对啦，是小纯。偶然间遇到了小纯，她无意中就以实情相告了。小纯听到一半就用双手塞住了耳朵，大叫着："不要说啦，不要说啦，太可怕啦！"淡淡的粉红色指甲，跟肌肤白皙的小纯十分相称。"有什么可怕的嘛！假装不懂的家伙！"冴子一边这么想着，一边看小纯看呆了。小纯的耳朵上，有重叠了几层的金色圆圈在摇动，在她的手里闪闪发光。

　　金属圆圈摇动着，互相摩擦的声音让冴子睁开了眼睛。扑簌簌地落入脑海的印象过于鲜明，这让冴子一片茫然，分不清现在的光景是单纯的回忆还是一个梦。冴子慢慢站了起来，瞅了瞅旁边的房间，实夏子跟刚才一样保持着同一个姿势，嘴里叼着烟，眺望着开始日暮的天空。

因为睡的时间太长,头脑深处轻轻地叮当作响。冴子数起了毛绒玩具,鸡、狗、白熊、狐狸、熊猫、羊、米老鼠,渐渐地,冴子集中精力在心里默念起了动物们的名字。曾经一度远去的模模糊糊的记忆的颜色渐渐浓厚起来了,冴子拼命地读着动物的名字予以抵制。小纯的彩色指甲油,那时候她身上穿的衣服的款式,长筒袜的颜色,手上戴的戒指,想起来其中一个之后,其他细节也跟着接二连三畅通无阻地被呼唤起来了,那些记忆已潜入动物名字的空隙当中。例假来临时的那种安心感、当时手表指针指向的数字、杂志上翻阅到的特别报道、所用的卫生巾的牌子,这些都一一想了起来。棕熊、乌龟、猫、实夏子、兔子……毛绒玩具的位置跟刚才不一样了。实夏子究竟在做什么呢?

"能不能别抽烟了啊?"冴子说道。

实夏子回过头来,嫣然一笑:"对不起。"

她打开玻璃窗,朝着阳台吐起了烟。

冴子再次钻进被窝里,暖烘烘的床单将冴子包裹起来了。

等冴子再次睡醒的时候，周围一片黑暗，拓司在一旁熟睡着。想到自己有拓司这样一个丈夫，自己是一名妻子，感觉就像谎言一样不真实。冴子一直盯着拓司看。她觉得肚子非常饿，从床上爬了起来，小心翼翼地去开房门，以免弄出声响。突然，她停下了握住门把的手。

黑暗中有一个人影。冴子将脸放到细细的门缝那里，一直凝神观看着。在照亮窗户的月光当中，她看到了实夏子的侧颜，看到她的下巴在以同样的节奏活动着。实夏子正用两只手捧着什么东西，不断地咀嚼着，那东西被她的双手包得严严实实的。冴子屏息凝神，咽下了一口唾沫，那声音听起来异常大。实夏子的姿势毫无变动，只管吃个不停。万籁俱寂的黑暗当中，实夏子咀嚼的声音一点儿不漏地传到了耳际。冴子实在无法做到打开灯走进厨房去了，便蹑手蹑脚地再次钻到拓司身旁。咔嚓咔嚓的声音宛如从厨房冰冷的地板上滑过来，一直爬到了冴子的身体上，被拧进了耳朵里一般。冴子紧紧地闭上眼睛，就像数羊那样，依次回忆着那些摆好的毛绒玩具。

"你昨天身体不舒服,是吧?我们点了比萨吃呢。不去看医生能行吗?已经好了吗?"

第二天早上,拓司带着清爽的笑容问道。

"去看医生的日子都是有定数的呢,而且我也不是生病。"

冴子一面回答他,一面看着坐在桌边脸色苍白的实夏子。

"实夏了姐姐,我昨天都那么呼呼大睡了一天呢,你早上睡觉也没关系的啦。因为我也有点儿低血压,所以很理解那种早上起来不舒服的感觉。"

冴子一面感受着拓司的视线,一面跟实夏子搭腔道。

"没事儿的。虽然确实有些不舒服,但是只是身体不舒服而已,就算钻进被窝,头脑也会很清醒,睡不着的。"

实夏子抬起苍白的脸庞,微微张开略略有点儿发紫的嘴唇，笑了。冴子不知为什么，心里暗暗地松了一口气。虽然她一大早起来打开冰箱查看了一下，搞明白了实夏子吃的貌似是块状的火腿，但是还是不大敢相信，觉得昨晚在黑暗中，实夏子用两只手裹着火腿直接啃的景象，也许是自己的错觉。或者她也跟自己一样，半夜饿醒了，碰巧忘记了开灯而已。

"冴子，明天如果感觉舒服的话，我们三个人一起去看场电影吧？身体不舒服的话，正好可以借机缓解一下，对吧？"

拓司异乎寻常地、愉快地说完这些之后，出门了。

洗碗期间，感觉今天比昨天舒服多了。上午，冴子摊开书，不时瞅向坐在厨房里不动窝的实夏子。十二点左右的时候，实夏子晃晃悠悠地站了起来。冴子看到她站起来时吃了一惊，开始慌忙翻阅地址簿。她从中选出了自毕业后关系一直比较好的、白天也会待在家里的朋友，匆匆忙忙地拨着电话号码。实夏子摇摇晃晃地走着，像影子一样消失在卫生间里。

"你这么悠悠忽忽地出来溜达,没事吗?不是怀上孩子了吗?"

前来接她的友子一见面就这样问道。冴子感觉实在是好久没有听到这种正常人说的话了。

"没事,没事,这个时间段电车也不拥堵,还很暖和,挺舒服的啦。"

冴子一面回答,一面感到鼻息深处有一股刺鼻的气味传来。友子拿着水壶围着冴子转了两圈,感慨地说道:"完全看不出来嘛。"

"才七个周嘛,不可能看出来呢。不过啊,已经有大脑、心脏和眼睛了呢。"

"哎……感觉好神秘啊。"

"是吧?你也那么想?下周前后医生就会给拍婴儿的照片呢,超声波照片。到时候我拿来给你看哈。"

冴子产生了一种之前的自己一直待在了无人迹的深山老林和群狼一起生活的感觉,内心十分夸张地琢磨着,能见到人类真好啊!

"友子不要孩子吗?"

"嗯，其实呢，我老公跟我说好了，想要一个狗年的孩子。"

"是吗？你知道吗？如果怀孕了，很多方面都会发生变化呢，心情啦、吃东西的兴趣啦。"

"我虽然从来没有怀孕过，具体不太清楚，但是她们都那么说呢。"

"对了，会不会出现一些记忆复苏的情况啊？比如会想起以前一些特别具体的事情的细节之类的。"

"不知道呢，没有听说过那样的事儿呢。"友子这么说着，稍微琢磨了一会儿之后，转换了话题，"拓司同学还好吗？"

"嗯。"冴子点头答应了一声之后，心里开始咕噜咕噜地如热水般沸腾起来。她将自己现在所处的状况和盘托出了，从上个周的周日实夏子来了以后，拓司完全不靠谱，到实夏子是个什么样的女人，然后又加上了自己身体一直不舒服等状况。友子失去了泡茶的时机，单手拿着水壶跟冴子相向而坐，一直在听她说。

"在大学的社团活动中拓司前辈好像非常靠谱啊，

现在想来，那虽然是个很奇怪的乐队，但是在冴子进来之前，我可是当了两年的部长呢。而且，他现在也正儿八经地上班了。"

"就是这么想的，我也是这么想才跟他结婚的，可是完全不是那样的呢，特别是他姐姐来了以后，他完全不跟我说话了呢。两个人有点奇怪啊，总感觉看起来像是一种奇怪的关系。当然，我自己也明白情况不是那样的，可是，他们总是在一起嘛。"

冴子一面说，一面努力让自己不去思考。但是实际上，脑子依然在一一确认着自己是怎么看待实夏子的。

"你知道吗？"友子双手抱着水壶，探着身子窃窃私语道，"拓司前辈的一个同年级同学，名叫玉江的那个女生，你还记得吗？我听说过一些传言，说她也是在刚一怀孕的时候，她老公就去国外长期出差了，之后她一直是自己一个人生活呢。那段时间她非常不安，不安得不得了，最终她丈夫在她生孩子的时候回来了。可谁知，听说生出来的孩子不会说话呢，现在好像已经四岁左右了吧,听说还完全不会说话呢。所以呢,女人好像不要考虑太多,不要让自己有那种不安之类的情绪比较好啊。有人说过,如果总是有那种不好的情绪的话,就会无法将氧气输送给孩子呢。"

冴子睁大眼睛看了看友子。因为冴子沉默不语,友子火速泡好了茶水。溅有油星的灶台,崭新的烤箱,闪闪发光的不锈钢水壶,以及堆在一个角落的报纸和杂志,各种各样的物品一下子飞进了冴子的眼睛里。

"怎么办啊?"冴子盯着友子递到眼前的琥珀色液体嘟哝道。映在眼前的自己的脸不断地在那液体中摇来晃去。"怎么办啊?要是生出不会说话的孩子可怎么办啊?要是生出来的孩子虽然能说话,可有其他地方不正常该怎么办啊?"

"所以呀,不能这么想,你要学着想开一点儿才行呢。"友子抓住冴子的手腕说道。

那触觉让冴子感觉好像是隔着厚厚的布条接触似的。

"虽然我想不把它当回事儿,可是那个人绝对奇怪呢。如果因为她的缘故，孩子不正常的话可怎么办啊？"

冴子本想继续说点儿什么，谁知泪水却突然溢出了眼眶，扑簌扑簌地滚落下来了。泪水中她看到惊讶地盯着自己的友子，自己也明白这并不是什么值得哭的事儿，明明知道这些，可是内心深处咚咚直跳，泪水宛如跟心跳呼应一样，流个不停。友子惊慌失措地看了冴子一会儿。

"下次好像有咱班同学的同学聚会呢，喜美给我打过电话啦。我们一起去吧？冴子完全不想跟他们接触，所以可能会有所不知吧。多惠去研究生院读书了，接着进了研究室了呢。喂，你相信吗？不是有个叫青山同学的吗？听说她还跟那个同学保持着关系呢。渡利好像被男人抛弃了，曾经轰动一时呢。大家都还是老样子啊。对啦，如果跟他们说冴子怀上孩子的话，大家肯定会很惊讶的啦！"

友子从冰箱里取出泡芙和蛋糕，朗声继续说着。虽然她罗列出了一连串的名字，可是冴子的脑海里浮现不出任何面容。冴子有一种自己一个人被过去的同班同学排斥出局的感觉，她越发悲伤地泪流不已。红茶迎进泪水，摇曳不绝。她心里想着：自己比大家晚了三年才毕业，被排斥也是理所当然的啊。又想着：大家肯定会这么交换着信息，嘲笑自己又留级了吧。留级三次也能正常地结婚啊，甚至都能想象得出他们说这些话时的语气神态了，于是泪水越发停不下来。冴子自身也对自己这极度扭曲的思考回路深感惊讶。

"对啦，对啦，三年级的时候，班里曾经有一个雷鬼郎，你还记得吗？就是那个大家给他起了个诨名，叫作雷鬼乐野郎，简称雷鬼郎的男人。"

冴子抬起了脸，眼前摆着蛋糕、泡芙和脆饼。

"呃，不记得。"

冴子胆战心惊地答道。

"啊？你竟然不记得啊？！那么一个冲击力超强的人呢。你好好想想，有一个跟流浪儿似的，突然来到了我们班，让人完全搞不懂是何方神圣的家伙，又脏又臭的，你不记得了吗？"

冴子悄悄看了一眼紧盯着她的友子的眼睛，有种自己在被试探的感觉。

"啊，啊，对啦，这么说起来确实有那么一个人呢。"

冴子慢慢发音，尽量注意着不让自己的声音听起来太过空洞。

"那个人啊，虽然突然不见了，但是在各种各样的地方被同学们目击过呢。最奇怪的是青山同学的说法。他说今年八月份，有一天特别炎热，半夜两点多的时候，他坐出租车回家。青山同学家的附近好像有个什么园艺农场，是一片很小的田地。他说看到有人蹲在那里，而且还是全裸的，仔细一看，居然是雷鬼郎。他本人是这么说的，说那张脸绝对错认不了。他说雷鬼郎趴在地上，正在吃生的卷心菜呢。"

泪水不再流，冴子的两颊已经干透。友子哈哈大笑着，看到冴子不哭了，她十分满足地继续说道："那个人究竟是何方神圣呢？不是有同学会那样的班级聚会吗？有时候大家会突然无话可说沉默下来，这时就一定会有人提起雷鬼郎，什么半夜浮在市政府的游泳池里啦，什么在多摩川拿着树枝捉鱼啦，大家信口开河地说三道四。不过，听说他最近真的出现了。当然啦，也不知道同学们说的话哪句是真的哪句是假的，但是千贺子说她去大学办什么手续的时候看见过他呢。喂，你不觉得有点儿奇怪吗？我们居然好像因为那个男人才被拴在了一起。"

傍晚，两人在开始日暮的道路上溜达，友子送冴子到车站。那期间，她一直不断地列举着从前同班同学的名字，这个这样了，那个那样了，说个不停。冴子拼命地点头附和着，在友子笑的时候也跟着一起笑。两人在检票口分别的时候，友子反复嘱咐她要多想开点儿，同学会要一起去啊，然后便挥手告别了。

冴子在开始拥堵起来的车里找了个座位坐了下来。一路上她一直通过人与人之间的缝隙，眺望着车外所能看到的接连不断的低矮房顶。

是有人故意设套，想坑害我吧？冴子迷迷糊糊地心想。先是把实夏子送到了自己家里，给自己植入应付恶作剧的疲劳感和不安感，又以此唆使自己往大学时代的同班同学那里去，让自己被迫听到不会说话的孩子的事儿，这还不算，还让自己想起了最不想回忆起来的往事。

或者之所以这么想，是因为关于怀孕的书里所说的"精神不安定，遇到一点儿小事就容易焦躁不安"的缘故吗？如果是一般状态下的话，这些事情是该正常发生的吗？是不是就不会这么想了呢？

一想点儿什么，脑袋深处就开始变得十分沉重并膨胀起来，感觉鼻血都快要溢出来了。她转过头去，打开了窗，整个人软绵绵地蜷缩在座位上。刚刚咽下口唾沫，身体再次沉重起来，身体深处的某个部位开始钝痛。似乎有水珠从头脑膨胀部位滴落下来一般，被推到一边的记忆眼看就要开始啪嗒啪嗒地滴落下来了。冴子无力抵抗这一切，一直闭着眼睛，慢慢重复着呼吸。

雷鬼郎是在冴子上大三的时候突然出现在教室里

的。因为教室里人很多，所以很多同学都互不相识，但是，突然走进来的他，让所有在场的同学都回过头去行注目礼了。那个时候，似乎有一股奇妙的气流穿过去了一般，之前乱哄哄的教室一下子变得安静下来。

他毫不在意地走过来，坐到了冴子前面的座位上。好臭。冴子跟坐在旁边的女生互相对视了一眼。他的相貌无限接近流浪汉，无法将他彻底等同于流浪汉的，只是他正确的坐姿和年纪轻轻这两点。旁边的女生离开自己的座位，退到了两排之后的一个位置上，但是冴子一直坐在原位置上，看着他的背影。他身上穿的长袖棉毛衫原本的颜色被其他多重颜色重叠覆盖，最终变成了散发着让人震惊的浑浊气味的深色。两个袖口完全绽开，像郁金香的花瓣一样绽放着。整个人身上飘荡着一种闷闷的、酸酸的、冴子不太熟悉的气味。进门时看起来像雷鬼乐歌手的小脏辫一样的发型，近看却是几根头发乱绑在一起并互相缠绕着，明明油晃晃的却没有光泽，跟小脏辫类似，都是非主流。

脏乎乎的年轻人到处都有，在大学里也总会有那么几个,特别是不再走大小姐路线的冴子,说起来也应该属于脏兮兮部落。但是,他的脏简直太不一般,具有一种威压感。他让尽管两年时间里几乎一起上了所有课,却一直没有什么整合性的四十多个人,在一瞬间凝聚在了一起,就是这样一种威力。那是一种充满威力的脏。

事实上,班级里的同学们因为他的出现突然一下子变得亲密起来了。大家一聚在一起,就会说起一周来上一次课的他,互相交换着自鸣得意的情报,早上在体力劳动者聚集的公园里见过他啦,在新宿车站的站内他跟一个亚洲男人搂抱在一起啦……虽然大家都在推测他的真实面目,但是没有一个人知道任何具体的详细信息。不久,同学们给他安上了一个"雷鬼乐野郎"的外号,渐渐地"雷鬼郎哈"就代替了普通的打招呼用语。

大概没有人注意到那个男人拥有一种神奇的力量吧,冴子独自思考着。无论谁听到关于他的传言,都会相信。这种威力为什么大家都没有注意到呢?而且,这是那个时候的冴子最为缺乏的一种威力。

不做不良少女之后,冴子成了装腔作势的大小姐。而当这个也厌腻了,或者应该说难以持续下去的时候,冴子又换了个社团圈子,跟在那里认识的学生一个接一个地睡了。也曾经给自己的恋人亲手织过毛衣之类的东西,不过不到半年就被人家给甩了("我都不知道呢,你跟社团里很多人都有一腿。"那人这么说)。也曾将精力转向勤学苦读,并学起了英文对话。虽然胳肢窝里夹着英语原版书走来走去,但是智商跟不上,那时又无法找到一个可以将之前的记忆完全抛却的新的什么寄托。在那样的一个时期,每天回到独居的小屋后,她只是一味地倾听从二手店里淘回来的摇滚乐。哪里都去不了,冴子觉得。原来我哪里都去不了,哪里都回不去,就这么跟大家混杂在一起,即使跟别人换一张脸,可能谁也认不出来,她一边听着鲍勃·迪伦的摇滚乐,一边在心里这么想着。

迷迷糊糊地坐过了车站,换车倒回来的时候,天已经黑了。多名已下班的工薪一族和冴子一起钻过检票口。踏着商店街的砖铺路前行,她抬头望了一下超市里亮白的白炽灯。走在前面的工薪一族们全都是清一色的背影:领带往上卷着,挂在西装的肩头。冴子停下脚步,眺望着那个光景——渐渐消失在黑暗中的多件西装和轻轻搭在肩上的各色领带。就连撞到了突然停下脚步的冴子身上,嫌弃地咂着嘴往前追赶他们的那个男人,也把领带往上卷着。冴子感到一股恶心的气息涌了上来,她转到超市后面去,嘎的一声呕吐起来,近乎黄色的汁水慢慢从舌头上滑落下来。

出来开门的实夏子看到冴子说:"你脸色好苍白啊!"

冴子慢慢地说出了自己刚才看到的景象,说走在前面的上班族全都穿着同一个颜色的西装,将领带搭在肩膀上。实夏子一直盯着冴子看,听完她的话咧开通红的嘴唇笑了起来。冴子有一种想往她粉红色的喉咙里塞条抹布的冲动,然后,她在心里默念了十遍:"想开点儿。"

"能帮我泡杯咖啡吗?"

冴子将胳膊拄在桌子上这么一说，实夏子便仔细地问好了做法，战战兢兢地拿着热水瓶、灌装咖啡和铁壶捯饬了一番，最后把咖啡放到了冴子的面前。看嘛，跟她说一声的话，她也是能帮自己做的嘛，人挺好的嘛，冴子在心里这样重复着。

"我今天听到了一个可怕的说法。"

冴子定睛看着实夏子，说了她从友子那里听到的不能说话的孩子的事儿。

"哦……"

实夏子说着，将一支烟放到了嘴边。

"所以呢……"冴子略一思考，在脑海里选择着用词，"我现在处于不安定时期，也许会对各种事情各种心烦，拜托了啊！那个，各个方面都拜托了！"

"嗯，知道了。各种事情，各种心烦。"

实夏子莞尔一笑，饶有兴致地说道，并从张开的双唇里吐出一道白烟。

"又不能杀了他，对吧？"

她看着冴子又接着追加了一句。

"啊?"

"我的意思是即便生出不正常的孩子,也不能杀了他。"

实夏子面不改色地说道。

"可能我吃饭的时间也会不太规律,请不要介意。"冴子说道。

她假装没有听到实夏子说的话,然后抬起头瞥了一眼时间,在剩下的凉米饭上浇上鸡蛋,一个人开始吃了起来。实夏子笑眯眯地看着她吃饭。

"实夏子姐姐要在这里待到什么时候呢?你家里的人不担心你吗?"冴子抬起头来,说道。

"我一个人。"实夏子将下巴抵在竖起来的膝盖上,吐了一口白烟,说道,"本来我以为两三天应该就会来,可是没有来呢,所以我一直在等着。对不起啦,我也想尽快走呢。"

"你在等着是什么意思呢?"

"嗯,是巴士啊,巴士会来接我。"

"巴士?"

"是的,粉色巴士。"实夏子有点儿骄傲地看着冴子说道。

"是吗?是怎么回事呢?"

冴子懒得理她,一边随声附和着,一边继续吃着饭。

冴子在近黎明时分,梦到了雷鬼乐野郎。圆圆地剪切出来的那个地方是原始森林,他就赤裸裸地站在原始森林的正中间,而且,那脏兮兮的手里抱着一个小婴儿。啊地惊叫了一声的瞬间,冴子想起来他的名字叫平中铁男。铁男身上的酸臭气,一下子回到了冴子的脑海中。冴子惊慌不已:怎么办啊?我的孩子变臭了。不知是不是因为害怕,虽然婴儿在铁男的手里哭着,但是听不到哭声,明明可以听到厉声尖叫的鸟啼声,却听不到婴儿的哭声。婴儿只是在他粉红色的、皱巴巴的小脸上,空洞地张开了嘴巴而已。冴子跳了起来。房间里微微有点儿亮,拓司在安静地沉睡。冴子将他摇了起来,反复嘟哝道:"怎么办啊?孩子不正常了,不正常了啊,拓司。"拓司睡眼惺忪地慢慢爬起身,轻轻抚摸着冴子的后背说："不要紧的。"可是冴子完全感觉不到后背上的触感。

早上起床之后，梦也没有消失，甚至连细节都牢牢地嵌在了头脑当中。冴子撑起上半身，仿佛要赶走嵌在脑袋里的噩梦一样，拼命地摇着头。今天休息的拓司正在厨房里给脸色苍白的实夏子泡咖啡。实夏子柔弱地笑着，将脸靠近拓司。他们在窃窃私语。脑袋深处十分沉重，冴子用两只手抱着脑袋，透过半开的窗帘往上仰望着天空，碧空万里，空气清冷。她将视线转回到厨房，周边都在闪闪发光地颤动着。光粒子将拓司和实夏子带走了，他们在远处窃窃私语、谈笑风生。

"不要紧吧？能去看电影吗？"

拓司单手端着咖啡杯，走进屋里。

"好像不行。"冴子说道，"没事，你们俩去吧。"

"是吗？你没关系吗？"

"有什么办法呢？三个人一起待在家里也没什么用吧。只有我一个人会做饭啊，我身体不舒服，难道还必须给你们做饭吗？洗衣服，打扫浴缸和厕所，我像个保姆一样劳作呢。难道你们两个就打算说着悄悄话看我干家务吗？"

明明不打算说这些话的，但是，从心中那些粗拉拉的、裂缝般的地方，冒出了连珠炮似的话，以至于说出来后脑袋都变得轻快了一般。而且，这些话过于带刺。

拓司听到那番话之后，瞬间惊讶地盯着冴子，轻轻地叹了一口气。冴子看到他的神情，心里愈发产生了一种想用恶言恶语让他为难的心情，想让他彻底地为难、惊呆。所以，无须她费力搜罗，话便自动流淌出来了。

"虽然我知道我说的你不可能理解，但是我真的非常不舒服啊。头闷闷乎乎地疼，身体莫名其妙地发懒，虽然不是需要救护车拉走那种程度的重病，但是，那种钝痛就那么整整一天地折磨着我啊。我知道这并不是谁的错，可是孩子并不是我一个人努力造出来的啊，你再多理解我一下嘛，再慰劳我一下嘛，你读一下你买回来的书的第三十一页嘛。"

说到这里，话语忽然啪啦一下子消失了。冴子为了搜罗话语沉默了良久。在小学三年级因为感冒躺着的时候,她缠着妈妈要"糖果,糖果",妈妈没有买到糖果,却买回《坏心眼婆婆》时的情景一下子浮现在了脑海中,就像眼前看到的带有故事性的广告一样,画像鲜明——三十八点五摄氏度的体温,看着体温计愈发兴奋起来的自己,《坏心眼婆婆》第六卷的封面,因自己哭闹个不停、妈妈愁眉苦脸地盯着自己看的神情,窗外叽喳叫着的麻雀,扔掉《坏心眼婆婆》时书碰到书架的声音,夜晚妈妈给自己吃的甜瓜的味道,勺子的形状,勺子凉凉的触感。

"我也并不是什么都不考虑啊,就连今天,我也是为冴子着想才提前买好了电影票。虽然我也想过,但是不好意思啊,你的身体情况我还是不明白啊。我知道你很辛苦,可我也没有办法帮你治好啊。我看,明天你还是去看看医生吧。"

"你就是不说我也会去的,明天是产检的日子呢。"冴子钻进被子里,小声说道。

"明天去了可以帮我们拍照,小婴儿的照片。医生那么说过。"

"是吗？好期待啊！身体有什么不舒服的地方，也要跟医生好好商量一下呀。"

一种似曾在哪里闻过的气味，是的，是塑料的气味，拓司在说着无聊的台词，冴子在被窝里想着。

冴子在被窝里听见了他们安静地打开大门继而走出去的声音。

她起身来到了阳台上，碧空万里，空气清冷。冴子数着停车场里汽车的车牌号码。一对年轻的夫妻出现了，两人坐上一辆红色小车出去了，车牌号"2861"几个数字也随之远去了。

目送着它消失在远方后，冴子去了厨房。打开房门后她停下了脚步，感觉有什么不一样了。冴子缓缓巡视着厨房：放在煤气灶上的银色铁壶，铁架子上摆放着的平底锅和炒锅，边缘微黄的咖啡色窗帘，并排贴着的几张明信片，亮着黄色灯光的沸腾着的烧水壶，几度变更了位置的餐具架内部。一切都没有改变，一切都没错。冴子站在那个位置上，再一次环顾了一下四周，餐具架的把手，海绵的绿色，金属碗的银色，感觉房间里简直就像左右对称地旋转了一圈似的。

冴子从冰箱里取出硬邦邦的面包，用刀子切了起来。洗完生菜，切好黄瓜，又切了火腿肠放在上面。在将面包放进烤箱里烤的时候，冴子再次四处检查起来，烤箱的颜色，电源开关，大小，一如往常。冴子毫不在意手里洒落的面包屑，只管咕噜着眼珠子四处环视着厨房。

位置。在泡红茶喝的时候，冴子突然想到了。摆在窗边的茶叶罐的位置跟平时不一样了，很少使用的福南梅森理应放在左边，川宁格雷伯爵红茶是放在右边的，塞满瓶子的大吉岭红茶放在格雷伯爵红茶的旁边，而且，咖啡粉之类的也并没有放在一起。然后是水壶，水壶总是不经意地放在左边的煤气灶台上，而如今却被放在右边了。平底锅和炒锅总是锅口朝下扣放着的，而现在却开口仰面朝天直冲天花板。摆在餐具架最上方的杯子之类的被原封不动地迁移到了第二层。冴子开始疯狂地四处拉抽屉，装在瓶子里的东西的顺序原本是海带、面粉、辣椒、意大利实心面，现在顺序却完全错乱了。洗碗池上方的抽屉里原本存放着不用的餐具，现在却混杂着买来备用的调味料，竖着放的啤酒罐全都躺下了。细数一下，就连那些不记得原本是怎么放着的记忆模糊的东西，感觉也全都彻底不一样了，甚至连明信片的位置似乎也发生了变化。所有的一切好像都被扭曲着放置了。冴子开始把那些模糊的记忆奇妙地想成确凿无疑的记忆了，她按照自己记忆中的顺序重新将东西摆放好。

中间她曾几度感觉不舒服，并冲到了卫生间，但是每次打开房门后，她都会点燃一种新的干劲，这促使她不断地将摆放的位置恢复成脑海中的原状。

那是在暑假之前，雷鬼乐野郎的体臭愈发强烈。他的脖颈和手腕乌黑，黑得让人怀疑自己的眼睛，不由得会定睛再看一次。眼看就要团结在一起的班级，也随着他的这一变化愈发气氛高涨起来。有人提议邀请他参加上学期的结课派对，前去邀请的是次郎同学。

一说不用他交钱，大家一起喝酒，雷鬼郎就痛痛快快地同意了。对此，次郎同学多次在大家面前这么得意扬扬地炫耀着。

可是真把他叫来了，大家又不知道该如何应付了。他们让他坐在一个角落里，只管劝酒让他喝。次郎同学和他的小伙伴们不时地去找雷鬼郎聊上两句，然后再返回，这么来来回回地重复了好多次。冴子一小口一小口地喝着日本酒，一直瞅着那副景象，感觉从他那乌黑的皮肤中，她看到了一张端正的脸庞和充满反抗意识的眼睛。

当大家都醉醺醺地散去的时候，冴子悄悄地跟在了雷鬼郎的身后。同学们都在等出租车的地方兴奋地喧嚷不止。雷鬼郎背离喧嚣，转身而去，走在鸦雀无声的夏日夜路上。冴子一直盯着他蜷曲的后背，跟着他走。每每经过自动售货机时，他都会一一将手伸进零钱出口，还会捡起落在路旁的烟头，而后继续前行。当走到大学正面的神社的石阶处时，他停下脚步，回头看着冴子。

"我没有家。"

黑暗中,冴子看不清雷鬼郎说这话时的表情,她笑了。雷鬼郎继续缓缓爬着石阶,走进神社内一个小小的公园,然后坐到了秋千和垃圾箱之间铺着的一个小小的瓦楞纸板上。由于瓦楞纸板不够宽,无法容下冴子的屁股,所以她便坐在秋千上看着他。这时,雷鬼郎从垃圾箱后方掏出一瓶一升装的日本酒,开始喝起那白色混浊的酒液。

"你多大了?"冴子问道。

"应该跟你差不多吧。"

"叫什么名字?"

"平中铁男。"

"为什么没有家呢?"

"嗯,原因很多吧。"

即将熄灭的街灯将雷鬼郎那发黄的牙齿和白色混浊的酒液叽叽叽叽很有节奏感地映照出来了。平中铁男没怎么说话,似乎也并不嫌紧贴上来的冴子碍事,他还将自己喝的酒和路上捡回来的食物邀请冴子一起享用。

冴子觉得自己可能挺受欢迎，内心正兴奋激动着呢。

　　第二天早上，睡醒后的冴子发现自己躺在硬硬的长凳上，她感到脑袋沉重无力。发现身边是沉睡着的平中铁男后，她爬了起来，看到的不是司空见惯了的从四角玻璃中透过来的天空，而是头顶上无限辽阔的天空。她点上一支别人吸剩下的烟头，吐了一口烟，脑袋虽然沉重，心情却像晴朗的天空一样豁然开朗。冴子知道自己天天迷迷糊糊地听二手唱片的日子结束了。铁男慢悠悠地爬起身来，去饮水处洗了一把脸，并用袖口擦拭了一下。他看也不看两眼熠熠生辉地仰望着天空的冴子，合着不稳定的节奏晃动着肩膀，顺台阶走了下去。冴子也急忙跟在他的身后。

　　铁男的目的地是快餐店的后门。他撕开那里叠放着的黑色塑料袋，从里面取出几个带包装的汉堡包，朝着对他深感兴趣且盯着他看的冴子微微一笑，递给了她一个。

　　慢慢打开包装纸，冴子有点儿提心吊胆地把有些发闷潮湿的汉堡包放进了嘴里，然后，她天真地感动着：

这个世界上居然有这么美味的好东西啊！这是自由的味道，冴子心想。那天，冴子寸步不离铁男，感觉自己欠缺的什么东西好像都凝缩在了铁男的周围一般。

就那么三天三夜没有回公寓，冴子一直跟着什么话都不说的铁男。对于冴子来说，铁男所做的一切，感觉都像在扯坏那个把她摁在里面让她觉得憋屈的箱子一样。铁男就是某种强大力量的象征，这是一种冴子之前从未见过的、过激、极具反抗、异乎寻常的一种力量，他将这一切默默无言地表达着。冴子拼命无视开始剧烈疼痛起来的身体，追随在铁男的身后。最难熬的是从下午两点到日暮的这段时间，因为无事可做，即便躲在公园的阴凉处，也依然热得要命。铁男在冴子的身旁，非常细心地拆开捡回来的烟蒂，将它包到薄纸里面，他一天到晚不厌其烦地重复着这项工作。冴子攥着装在兜里的零钱，站起身来准备去买罐装咖啡。起身瞬间她顿感眼前发晕，连带着浑身无力，她倚在护栏上，忖度了很多次是否就那样直接坐上电车回家。

总算等到天黑了，铁男从便利店的垃圾箱里捡回来两个便当。冴子一边吃着便当,一边看着她那被染得乌黑的指甲。

口渴难耐的冴子睁开了眼睛。秋千对面挂着一枚细细的弯月,铁男在静静地沉睡着。身上很痒,冴子用指甲挠了起来,有什么东西从 T 恤内部滚落下来掉进了胸罩里,在里面动来动去。当发现那是蟑螂时,冴子一声不吭,一个人乱抓乱蹦了一会儿。她用脚踩死了慌乱不堪地想逃命的蟑螂之后,感到胃那一块儿在咕噜咕噜地上下翻腾。虽然她朝着公共厕所奔了过去,但是还没等跑到厕所,就朝着沙坑痛痛快快地吐了起来。T 恤衫和牛仔裤全都被弄脏了,她闻到股让人受不了的、讨厌的气味。

她在接水处咕咚咕咚地喝了几口水漱了漱口,直接穿着 T 恤衫和牛仔裤那么冲洗了一下,再一次躺下了。但是,由于脑袋和整个身上都瘙痒无比,所以怎么也睡不着了。明明头皮已被挠得火烧火燎直疼,瘙痒却并未减轻。冴子不耐烦地挠尽了全身,挠着挠着想起了那只蟑螂,大热天竟起了一身鸡皮疙瘩,感觉全身上下好像有成千上万只小虫子在爬一样。她一边起着鸡皮疙瘩，一边挠个不停，不久天空开始发白。她在发白的天空下瞧了瞧自己的手臂和腿脚，全都是密密麻麻的红色斑点。她深蹲在自来水处，用水冲洗着手脚。铁男像往常一样睡醒了，已经捡来了汉堡包。饥饿难耐的冴子吃了个汉堡包，但是又再次觉得恶心，吃完又吐了出来，能看到昨天的呕吐物已经在沙坑里招来了一堆苍蝇。她在铁男旁边躺下来，眺望着一只小小的蚂蚁从T恤上横穿而过。冴子心想，自己会不会就这样死掉呢？她起身之后将手脚都展示给铁男看，告诉他出斑点了，结果铁男只说了一句话："好漂亮啊！"

冴子突然泪眼模糊，大声喊着痒得受不了了！铁男拿过来白色浊酒，说喝了瘙痒就会减轻。冴子抽动着鼻子咽下了苦涩的浊酒，瘙痒确实有所减轻，但是这次又因为不安，全身刺挠不已了。

那天傍晚，冴子回到了自己的公寓。她摇摇晃晃地开了锁，一溜烟地冲进了浴缸。从浴缸里出来的时候，红色斑点竟令人难以置信地全部消失了。她从冰箱里拿出一罐大麦茶喝，将语音留言电话倒回去听了听。里面的留言几乎全都来自友子，她一遍又一遍地重复着同样的话："这次我们乐队要举行现场演奏了，来看啊。""你每天都不在，是回农村老家了吗？""六月份前后，冴子说过在找社团，对吧？说过要来我这里看一下的，可是只说过要来一直没来呢，就那么到暑假了，对吧？这次不正是一个好机会吗？你肯定会很开心的，一定要来呀。"冴子一面听着友子的声音，一面环顾着整个房间，不由得感到愕然。感觉之前的自己，正宛如亡灵一般不断地从墙壁上浮现出来，初中时的自己，高中时的自己，装腔作势做大小姐的自己，编织毛衣时的自己……那些总想成为什么，最终却无法做好任何一种的自己，都从已经开始稀薄的记忆中爬了出来，这让冴子的心情变得凄惨起来，让她想起一直到昨天为止那三天的自己和铁男那充满意志力的目光。如果在那里和他在一起的话，那些过去都将是毫无意义的东西，那是一个完全不需要任何身份过往的地方。

　　高亢的电话铃声响了起来。冴子跳了起来，条件反射地抓起了话筒，是友子的电话。"太好了，能赶上你在家。现场表演就在今天啊，来看呀！"友子说道。冴子接受了邀请，只拿着钱包就出门了。

立花拓司留着美国黑人款蓬松发型，唱着歌，扭动着腰，对着瓶嘴直接吹着朗姆酒。其他男生演奏着朋克乐，他们竖着中指、伸着舌头、吐着唾沫、唱着歌。不久，兴致高涨的男生们全都脱得哧溜精光，开始追着四处逃散的女孩子们唱歌。冴子觉得那一切无聊空洞得不得了。还是铁男更厉害，她在心里恶狠狠地骂道。你们亮出那器具，喝得醉醺醺的，一副自我感觉很了不起的样子，可是等会儿坐上电车回到家，第二天早上还是会在番茄汁里撒上盐喝吧，还是会若无其事地走上大街去交公共费用吧，而且还会将今天傻乎乎的喧嚣误当成什么勋章得意扬扬地四处吹嘘炫耀吧。然后，冴子在心里嘟哝着一句司空见惯的台词："可怜的家伙们！"

冴子离开狭窄的演奏会场，在经过药店的时候买了防虫喷雾剂，然后朝公园走去。

那个夏天，冴子一直跟铁男待在一起。十天不洗澡的话，便感觉不到瘙痒了，近在眼前蠕动的虫子们也不像以前那样让她感到恐惧了，一定程度内的不愉快感也可以借助喝酒来消除了。这一桩桩一件件对于冴子来说都是崭新的事实。冴子和铁男几乎每天都到处去喝酒，掏钱的一直是冴子，渐渐地因资金不足而苦恼的她后来便跟着铁男去小胡同后面的居酒屋开始喝酒了。冴子他们一走进去，在场的客人们全都目不转睛地看着他们，人们看的不是浑身散发着强烈气味的铁男，很明显他们在看冴子。冴子一边充分感受着那些视线，一边喝着酒。她感到自己的心情渐渐变好了，那不是醉酒，而是一种淡淡的类似快感一样的感觉。

"酒是好东西啊！"

"如果能每天喝就好啦。"

"想喝加了柠檬的烧酒啊。"

两人喝酒的时候，铁男也只会说这样的话。关于冴子的事儿，他什么都不问。即便冴子问他点儿什么，他不是说不知道，就是说忘记了。

因见他跟站在旁边的一位同样打扮的老爹聊得很投机，她便侧耳倾听了一下，发现他们热心交谈的尽是一些什么"山田医院的狗可真能叫唤"啦，"南田高冈上的集体住宅对面的狗的狗毛很整齐，摸起来简直要融化掉一般"啦，"三丁目的弹子球店后面的猫生小猫了，现在有四只了"等让人摸不着头脑的话题。

黎明时分，醉酒后的他们在公园里睡着了。冴子醒来的时候，发现那个流浪老爹不知何时来了，他正在对铁男进行说教："连一本书都没有是怎么回事？从书里能学到东西，但是从女人那里什么都学不到。人的一生贵在学习。"铁男笑眯眯地随声附和着："嗯，是呢。"老爹从纸袋里啪嗒啪嗒地取出点心和面包等，说道："给你了。"冴子和铁男点头致谢后，吃了那些食物。"到麻将屋对面的大楼上去抽血吧，他们会给你短裤啦、衬衣啦、牙刷等东西。"老爹说完步履蹒跚地走掉了。

在车站内，在树荫很多的公园里，在步行者天堂，在街头巷尾的角角落落，冴子和铁男并排而坐，盯着面前走过的、打扮时尚的年轻女孩们看。女孩们先是轻蔑地瞅了瞅坐在那里、无限接近流浪者的一对情侣，或者说是无限接近情侣的一对流浪者，她们惊讶于两人的年轻，会再次回头瞅来瞅去。在冴子的心中，快感已经固化成形，在这种时候便会咕噜咕噜地滚过来，这让冴子十分得意。即便是擦肩而过的中年女人皱着眉头、用手帕掩住鼻子，冴子也依然心情不错。

她和铁男一起，边走边捡烟蒂，手里拿着伞骨，两人四肢匍匐在混凝土地上，往自动售卖机下面扫来扫去，四处物色便利店里快要过期的便当。时间就这样一天一天地过去了，冴子反复思考着关于铁男和自己存在的重大意义，甚至感觉电视台现场采访员要这样来采访报道他们了："现代的年轻人就是这样无言地诉说着自己对社会的愤怒。"就连播音员的拍手称道似乎也都传到了耳际："年轻人也并不全都缺乏朝气啊。"如果他们这样说的话，冴子心想：自己会像铁男一样什么都不说，嘴里衔着自己手工制作的卷烟，用充满意志和愤怒的眼神，直盯着镜头看吧。冴子太过兴奋了，她也不去考虑怎样的意志、怎样的愤怒了，只管喝着酒。

下雨天的时候他们就去图书馆，将身体蜷进杂志角落宽敞舒适的沙发里，两个人眺望着撞到宽大的玻璃窗上而后滴落下来的、安静的雨水。即使看到玻璃上映出来的自己黑乎乎的脸庞，也感觉那就像别人的脸一样，冴子丝毫不感到惊讶。他们呼吸着自己酒气熏人的气息，然后昏昏沉沉地入眠，微微传来少数学生的脚步声，伞下渗漏的雨水水滴声，翻开书页时的干巴巴的纸张声。晚上九点，当他们被从图书馆里赶出来之后，铁男会去攀爬校门，他连帮都不帮冴子一把，这一点虽然让冴子深感不满，但是她还是会拼命地追赶他。一进入漆黑一片的校园内，夏日的气息便会就此中断，还会传来一股硬邦邦的味道。铁男会悄无声息地往前走，走进一直上课的201教室，他在长长的桌子上躺下，将短短的烟蒂抽干净之后就睡着了，昏暗的亮光将如同遥远国度的墓地一样排列整齐的桌子和横亘在上面的铁男的身体浮在了半空。

暑假结束了，铁男开始每周去上一次课。冴子却不想做任何事情，只是迷迷糊糊地眺望着铁男远去的背影，而后迷迷瞪瞪地睡觉。起床后，如果铁男不在，冴子就会喝白色的浊酒，而后一个人转到汉堡包店的后面，撕开垃圾袋寻找汉堡包。时而有从身边经过的流浪汉，还会分一些干硬的点心、面包给她吃。

渐渐分不清醉酒时、沉睡时和醒着时有什么区别了，考虑问题的时候，也慢慢不清楚自己考虑的是哪一部分了，冴子完全放弃了思考这一行为，也没有什么擅长做的事情了。她将铁男捡回来的毛毯裹在身上，口中的臭气熏得她直吐唾沫，她用舌头舔舐着黏滑的牙齿，靠喝白酒缓解喉咙的干渴。无休无止、懒洋洋的一天就这样持续着。她在梦里游泳、吃奶酪蛋糕、去上课，而这就跟起来之后用自来水洗脸、一骨碌躺在地上遥望蓝天是一样的。梦境爬起来钻进了现实生活。"四点在学校食堂见啊。"小纯叮嘱道。于是她便醉醺醺地、脑袋晕乎乎地赶到了学校食堂，结果坐了一个小时也不见小纯来，她这才发现是个梦。梦境和现实生活对于冴子来说，都是软乎乎的无形之物，不是一方威胁着另一方,而是过了一定时间,她会突然将双方忘却,宛如超过了千瓦数,电闸会突然啪嗒一下掉下来一样。

冴子就这样处于或是熟睡或是晕醉的状态,在搞不清楚哪个是哪个的状态下,她跟铁男一起生活了接近十个月。最终她结束这种街头露宿的生活,是有几个原因的。

在一个极其严寒的冬日,冴子和铁男把瓦楞纸箱模仿着雪窑洞的样子堆积起来,两人在里面裹着潮湿、沉重、脏兮兮的毛毯喝着酒。等他们回过神来时发现又多了一个人,一个皮肤黝黑的男人说着一口奇怪的日语,一直笑嘻嘻地连呼"朋友,朋友",他手里拿着一瓶褐色的酒,不断地给两人劝着酒。两人一劝就喝,那酒强烈得简直让人怀疑脑门子上有了道裂缝。男人也厚颜无耻地钻进了毛毯里,笑眯眯地说着话,渐渐挤到了冴子身上,开始抚摸她的全身。见冴子没有反抗,男人便把她压在了身下,堆积起来的瓦楞纸箱稀里哗啦地被弄倒了,男人的头发耷拉在她的脸上。是寒冷还是温暖，是舒服还是很讨厌被这么对待，就连这些情感冴子都搞不明白了。坍塌的瓦楞纸箱的对面是铁男，褐色的酒水滴落在地面上，只见他正在往上面点火玩。透过男人干巴巴的头发缝隙能看到夜空，睡觉时总是高高在上的夜空明明充满着自由和力量，而此时却像不值钱的、破洞的水桶一样空空荡荡。

例假没有按时来。即使天天只吃膨化食品也不曾推迟过一天的例假，如今过了两个周了还没有来。当想到怀孕这个词语的时候，不知从何时开始，上头的醉意陡然间消失得无影无踪。铁男几乎总是没用，做爱总不行，但是即便这样，也还是在夜晚的教室里做过几次。要是他的孩子还好说，一想到可能会生出一个皮肤黝黑的孩子，龇牙咧嘴地傻笑着喊什么"朋友"，冴子就浑身起鸡皮疙瘩。之前未曾看见过的、也不想去看的"未来"，一片白茫茫地摆在了眼前。

而且，在酒醒过来的同时，冴子突然理解了铁男是个什么样的人。他只是一个单纯得什么都不做的人，既没有什么反抗心，也没有什么过激情感，除了具有一种在路上也能自由地活下去的野性力量之外，内面并没有冴子所期待的那种精神力量。他并不是从所有的可能性当中禁欲克己地选择了最低限度的流浪生活，而是除此之外别无选择。铁男生活在现实的背面，如果跟他一起生活的话，自己也会有那样的未来。冴子虽然漠然地这样想着，但是她知道铁男其实等同于没有未来。

冴子对之前一直感觉没有意义的那些东西突然怀念起来了，比如：棉被、柔软的枕头、用漂亮的花纹杯子喝的牛奶咖啡、在二手店里买的唱片，还有电视机、杂志。就连不经意间收集起来的礼物盒丝带，也变得令人怀念了。

冴子逮住从自动售货机零钱出钱口和售货机下面捡了二百三十日元回来的铁男，用她所能想到的所有狠话把他好一顿臭骂："你只是一个什么都不是的玩意儿，本来以为你有点儿思想，但是，其实你除了喝酒什么都没有。你只是一个一直在逃避的卑鄙胆小的家伙，活着跟死了没什么两样，那你还不如直接死了算了呢，但是你没有那个勇气。偷偷摸摸地去大学听课，难道想装什么知识分子流浪人士？不管去上几次课，像你这样的傻子，是不可能理解大学的课程的。难道你羡慕那种气氛吗？在那种你没有闪闪发光的未来的地方，像你这种不可救药的渣滓是最差劲的了！胆小鬼！你明白了吗？傻瓜！笨蛋！"

冴子在等着一边单手玩弄着二百三十日元、一边一直听着她叫骂的铁男反驳自己点儿什么。明明是你自己主动跟着来的，还在这里抱怨什么呢？老子可什么都没说呀，并没有你自己瞎想的什么伟大的思想，难道不是你自己怀着任性的幻想纠缠着我来的吗？要说傻子的话，你才是傻子吧？冴子等着他这么把自己骂一顿，可是铁男看了看冴子，微微一笑："能买到啤酒啦。"过了一会儿，他只说了这么一句话。

冴子当天滴酒未沾，试着去了趟学校。路两旁开始长叶的银杏树、各种五颜六色的社团广告牌和整齐排列的窗玻璃都鲜明光亮，英语文学教室里尽是些生面孔。在冴子随心所欲地脱离现实的这段时间，学校已经一如既往地迎来了四月份的新学期。她呆呆地坐在教室最后面的位置上，去年任课的教授走进来，开始点名了，一大串从未听过的名字之后，被叫到的是冴子的名字。冴子条件反射般地答应了一声，引得学生们的视线齐刷刷地集中到了她的身上。冴子意识到了自己与周围环境的格格不入，就像当时突然晃进来的铁男一样。她将脸埋到穿了好久起了好多球球的毛衣里，搞不明白自己有多脏、有多臭。

回到家之后，她冲了个热水澡，换上一双崭新的袜子，认认真真地泡了一杯牛奶咖啡喝了。脑袋里一片空白。冴子用她那一片空白的脑袋，定了时间做了饭，装饰了一下房间，放了唱片听，开始读书过日子了。不时有去年的同班同学们打过来电话，友子依然一如既往地邀请冴子去参加社团活动，冴子有时候会出门跟她见面。他们做的事情总是一成不变，但也因此而显得秩序井然。没有课时，大家就在社团活动室里聊聊天、做做练习。他们一个月举行一次现场演唱会，痛痛快快地喧闹一番之后，便去便宜的酒吧开个派对。令人怀念的秩序，有始有终的派对，冴子用她迷迷糊糊的脑袋眺望着那一切，那时所感到的不着边际的自信是怎么一回事呢？赤裸裸地喧闹一番的他们是建立在一定规则之上喧嚣的，至少比只会说"酒是好东西啊！"的铁男有着更丰富的表达形式。

每天往返于友子的音乐社团和家的冴子曾多次想起铁男，想起在距离地面更近的地方的生活，因为无休无止的酒精作用，感觉世间看起来都是扭曲的。友子说"雷鬼郎从大学里消失了"，仅仅在那个时候，她才去学校前面的公园看了一下，秋千和垃圾箱之间已经没有瓦楞纸箱，只在垃圾箱后面滚落着一个空的一升装酒瓶。

陆续收到高中时代和大学时代的同学们发来的结婚邀请函，冴子手里拿着它们，站在银杏树下方迷迷瞪瞪地眺望着半空，感觉大学上得比小学时间还长的自己太丢人了。随心所欲地向不同方向伸展的树枝之间，若隐若现的夕阳余晖摇曳着冴子的视线。冴子感到自己在一条错误的道路上走了好久好久，这种羞耻，要比在衣柜角落找到一件宛如礼服一样的制服长裙和把未曾穿过的高级品牌服装送回农村老家所体味到的羞耻要苦涩好多倍，是在哪里走上了错误的道路呢？是在哪里跟她们分开的呢？她反复思考着这些问题。

这时候，最先想到的便是平中铁男了，但是，冴子有一种自己转弯的那个拐角是在比那更早以前的心境，感觉像在自己稍稍开始偏离道路的前方，碰上了铁男似的。

再拐一次弯儿吧，拐回到原来的那条路上，冴子心想。她觉得自己已经好久未曾有过下决心做点什么事儿的心情了。冴子混进那群朝气蓬勃的学生们当中，摊开教科书，买来厚厚的就职信息杂志，频繁往返于友子她们提议的同学会。和拓司睡在一起的那个晚上，冴子想到了"结婚"这个词，那个词语仿佛是正朝着冴子微微打开的门扉，从那扇门里流出一道细细的、耀眼的光芒，简直要透射冴子的身体一般。安心于它的明亮的冴子，经常在思考着：是否会有那么一天，平中铁男散发着他独有的刺鼻气味，返回来破坏自己创建的幸福呢？与其说那是恐惧，倒不如说更是一种甜美的幻想。冴子深知，那个男人是不可能具有破坏别人幸福的那种意志和力量的。

什么在马路上睡觉啦，从黑色塑料袋里掏汉堡包吃啦，到处盯着零钱出口瞅小硬币啦，白色的浊酒啦，快过期的便当那没有营养的味道啦，蔑视浓妆艳抹的年轻女孩啦，把那乱七八糟、脏兮兮的生活认定为自由和伟大的反抗啦，一切的一切，统统都忘掉吧！而且冴子认为，忘却某种记忆、将某种记忆从自己脑袋里扔出去这项工作，应当就此结束了。

从医院回家的路上，冴子多次站住，不断地取出母子手册里夹着的超声波照片看。因为想静下心来好好看一番，她走进一旁的公园里，选了一个阳光暖和的长椅坐了下来。她将大拇指和食指摊开七点五厘米，拿起照片举到半空，透过光线看了看，总感觉微阴的天空中镶嵌着一个小小的婴儿。担心会被别人看到，她战战兢兢地四处瞧了瞧，将手放到尚还扁平的肚子上，心想小婴儿就像拥有脑袋、手脚和脸的小老鼠一样啊。这里面会发生一些什么变化呢？如果真生出老鼠的话可怎么办呢？一想到这一点，她便不由得担惊受怕起来，可即便如此嘴角还是绽开了花。她用手掩住笑着的嘴巴，再次环顾了一下四周，发现了一团很大的粉色。冴子的手保持着掩住嘴巴的姿势，将视线停在了粉色上面。

那是一辆除了前面的挡风玻璃，其他部位全都被涂成了粉色的巴士，车停在了树林的对面。那种粉色十分漂亮，让人不由得看呆了，可是，那些拉着孩子的手的女人们，戴着毛线帽的老人们，却看也不看那辆巴士，从它的一旁走过去了。一群穿着同款白色毛衣的孩子们，也都热衷于玩沙子，没有人将目光投向那边。冴子站起身来，悄悄朝着树林走去。那车不管是车门、下车口，还是车窗玻璃，全都被涂成了粉色。不知它是卖冰激凌的车，还是一家独具特色的有机蔬菜店，车身上没有写任何广告词。

但是，随着距离越来越近，便会发现那并不是一辆多么漂亮的巴士。上面的颜色涂得非常粗糙,浓淡不匀,窗玻璃上的粉色还有些脱落,就像被人用指甲划过一样。

稍微隔着一点儿距离眺望着这奇怪的交通工具,冴子突然想起了实夏子的话:"巴士会来接我,粉色巴士。""就是这个了。"冴子不由得叫出了声。这正是货真价实的粉色巴士,不是粉色巴士还能是什么呢?冴子开心得都想蹦起来了。她平静了一下心情,加快了脚步,想跑回家了。巴士来了啊!赶紧去巴士来了的公园里吧!冴子边走边在心里反复想着要对实夏子说的台词。

"实夏子姐姐!"

打开门时她发出的声音因为兴奋而变得尖锐。

"巴士来了!粉色巴士!在公园里!"

她大声喊着,四处搜寻实夏子的身影,可是,屋子里空无一人,就连房间里的空气都十分清冷。她也去瞅了一下实夏子特别喜欢的洗手间,然而,仅有几根长长的头发落在那里而已。也许她已经回去了吧,冴子带着一丝期待走进了和式房间，只见白色被子的对面，摆放着十八只毛绒玩具，它们正肩并肩地盯着冴子看。那些或用扣子或用毛毡或用墨水点上的眼睛都冷冰冰、齐刷刷地瞅着冴子。冴子一面调整呼吸，一面对视着那一群密密麻麻并排摆放了一队的毛绒玩具，并开始将它们一个一个地拿起来进行整理。看起来没什么分量的傻呆呆模样的乌龟和猴子，拿起来居然沉甸甸的。冴子不管不顾地往上摞着，就像整理垃圾一样把它们堆放在了角落里。然后她回过头去，一直在瞅来瞅去，检查厨房和卧室里有没有什么东西改变了位置。

等到窗玻璃变成藏蓝色的时候，实夏子依然没有回来。冴子开始准备晚饭了，做着做着，她突然特别想吃猪排盖浇饭了，于是她便关上煤气，去附近的便利店买炸猪排饭去了。虽然她心里犹豫着要不要再多走几步去公园看一下，看看实夏子是不是在那里，但最终还是作罢了。她买了东西直接回了家，一边凝视着锅下面细细的火苗摇摇闪闪，一边一个人埋头吃着冰凉的猪排盖浇饭。

拓司回来了。冴子一直紧盯着吃饭的拓司，感觉房间里总算恢复了原样。拓司多次凝视着超声波照片，反复重复着："哦……哦……"

"姐姐呢？"

将照片放到桌子上后，拓司问道。

"好像出门了呢。"

"是吗？"

只说了这么两个字，拓司又继续吃饭了。

已经好久好久没有两人单独相处了，实夏子总是会像影子一样插进来。

"她没说过去哪儿吗？"

拓司一面收拾着用脏的盘子，一面若无其事地问道。

"啊？"

"姐姐。"

"啊，我从医院回来后，她已经不在了呢。"

拓司依然拿着手里的盘子，回头看了看冴子。

"那是什么时候的事儿了？"

"我上午去的医院,所以,大概是中午前后吧。"

拓司洗了洗手,披上了开衫毛衣。

"我去找找她。"

"等一下,你说什么?"

冴子连忙拉住了拓司的毛衣。

"她又不是孩子,去找她干什么啊?"

"可是,都已经十一点了啊,她又不熟悉这周边的路况。"

"是不是回去了啊?"

冴子抬高了声音。

"告诉你啊,住宅区的公园里来了一辆粉色巴士,我觉得她是不是坐着那个回去了啊。"

拓司目瞪口呆地盯着冴子的脸。

"你说的话很奇怪啊!"

"为什么呢?她那么说过,实夏子说她在等着一辆粉色巴士来接她。拓司没有听她说过吗?粉色巴士来了啊,所以她就回去了,没什么奇怪的吧?"

"你说的粉色巴士在哪里呢?"

拓司整理了一下被冴子拉扯乱了的开衫毛衣，穿上鞋子。

"我说，你干什么呢？为什么非要去找她？奇怪的难道不是你吗？突然说来就来，突然想走就走，没有任何不可思议的吧？再说，即便她又回到我们家里，可她又不是个孩子，早晚也会一个人回去的。"

奇怪的是你，拓司用这样的眼神回头瞅了一眼冴子，然后走进了黑暗中。

冴子走到洗碗池那边，呆呆地盯着脏碗脏盘，盘子里残留的汁水让油晕浮在了表面上，闪闪发着银光。她将手指伸进去蘸了蘸，用舌头舔了舔，舔得不亦乐乎，便拿来勺子开始喝汁水了。勺子碰到碟子的声音和钟表计时的声音无法融合一体，嘎啦嘎啦地传到了冴子的耳朵里。

都十二点多了，拓司还没有回来。冴子坐在桌前，手里仍然握着勺子，眼睛凝视着半空。她布置完好的厨房还保持着它自身的完美，伴随着定期滴答响着的秒针声音，有一种逐渐远去的感觉。房间里鸦雀无声，无数声音传到了冴子的耳朵里：冰箱嗡地发出的呻吟声，煮水的烧水壶不时扑哧扑哧地发出的类似发笑的声音，卧室里传来的地板的咯吱声，周边邻居上楼的声音，车辆经过的声音，外面的风吹到什么东西上时奏出来的铜锣声，远远响起来的电话铃声。无数声音悄悄潜入了厨房，从四面八方伸来细细的胳膊，将冴子按在座位上动弹不得。

冴子猛地站了起来，披上一件薄薄的外套走出了家门。吐出的气息已经是白色的了，一走进让人打激灵的寒冷空气中，脑袋稍微清醒了一些。她心里怀有一种罪恶感，于是她点上了一支烟，狠狠地吸了一口，向着纤瘦的月牙吐出一口白烟，开始朝公园方向走去。几辆前灯亮着的车从冴子身边疾驰而去。她再次吸了一口烟，认为因接二连三自动回想起来的记忆而变得胆战心惊的自己太过愚蠢。冴子加快了脚步，在万籁俱寂的道路上快步走了起来。

粉色巴士停在跟白天同样位置的树林对面。冴子在了无人迹的公园里缓缓前行，小孩子忘记收走的塑料铲子和小水桶滚落在一边，孑然而立的路灯将巴士的身影浮现出来了。冴子马上意识到巴士上映出的淡淡的身影是实夏子。她停下脚步，倚靠在一棵树上，悄悄往车里瞅，车身上映出的实夏子大大的影子在摇来晃去，与此同时，她还看到了另外一个身影。

实夏子手上拿着一把剪刀，正在给一个人剪头发，她手里拿着的小剪刀在月光中闪闪发亮。一直坐在凳子上老老实实地让剪头发的人是谁呢？冴子凝神看去，看背影并不是拓司的那件开衫毛衣，可是那件衣服似曾相识，那是一件原本的颜色被其他多重颜色重叠覆盖的长袖棉毛衫。冴子瞬间感觉自己嗅到了一股浓烈的气味，一股酸臭的气味。在冴子的心里，记忆和现实咔嚓一声碰撞在一起，地面逐渐变得稀薄，身体似乎开始往上飘浮。在进入某种思考之前，冴子折返回来了。她穿过公园，从衣兜里掏出香烟，由于双手颤抖得厉害，打火机咔嚓咔嚓地响个不停。

冴子冲进空无一人的房间，盖上棉被，脑袋里一片空白。她拼尽全力硬生生地用这样的脑袋数起了毛绒玩具。在开始昏昏欲睡之际,她感到拓司回来了,从低沉的说话声得知实夏子也一起回来了。他们用相同的声调一直在聊着什么。冴子撕破睡眠豆荚爬了起来,想竖起耳朵听一下他们的对话,却又被断断续续、磨磨蹭蹭的说话声带进了梦乡。

起床之后,冴子发现自己曾经规整到一起的毛绒玩具又背对着窗帘被排成了一排。

"哎……什么时候才能知道是男孩还是女孩啊?什么时候开始考虑给孩子起名字合适啊?"

拓司一边刷着牙,一边用明朗的声音问道。

"一大早好有精神头儿啊!"

冴子盯着在窗帘上映出淡淡身影的毛绒玩具,回答道。宛如被摆得密密麻麻的毛绒玩具俯视着一般,实夏子正在酣睡。

"储蓄肯定要一点一点地增加一些才好啊。然后我想呀,冴子每天听一下摇滚吧,也许会生出一个很有音乐才能的孩子呢。雷鬼乐就算了吧,古典音乐也行,不过我们可能理解不了啊。"

"昨天是什么情况呢？实夏子姐姐在哪里来着？"

"她正在小区里转来转去呢。"

拓司慢吞吞地用毛巾擦着脸，小声答道。

"是有一辆粉色巴士吧？她没说她要坐那辆车吗？"

"谁知道呢。啊，冴子，今天的早饭我就不吃了，只喝杯咖啡就走。"

冴子从右边慢慢数起了毛绒玩具，十九个，多出来一个。她又从左边再次数了一遍，还是多出来一个，正中间端坐着一只未曾见过的长颈鹿。

"哎，你们姐弟俩真奇怪呀！好像有什么事情瞒着我。实夏子姐姐为什么会在这里呢？为什么你什么话都不说呢？"

冴子一面把咖啡端给拓司，一面静静地说道。拓司盯着冴子看了一会儿，突然露出一张夸张的笑脸。

"哎，都说怀孕的时候吃东西的兴趣会发生改变。冴子变了吗？"拓司问道。

"有一点儿吧。"

"性格也会变吗？"

"你什么意思呀?"

"可是,冴子好像变了个人,疑神疑鬼的,在毫无意义的地方附加些奇奇怪怪的意义,总是一副心焦气躁的样子。以前你总是大大咧咧的,但是最近感觉像变了个人。你想呀,我有个姐姐,她来我们这里住几天,因为住得挺舒服,便要求在这里多待一阵子,又不是说要一起住上多少年。明明不熟悉这边的路,却出门好几个小时了都没有回来,一般人都会担心地出去找一下吧?我们刚刚结婚的时候,你的同年级同学还因为有事来这边,在我们家里住了好几天呢。假设你有一个妹妹的话,那孩子来我们这边说东京很好玩,想再多住几天,或者决定在这边找房子租房住,在没找到之前暂时先在我们这里待一阵儿。如果她这么要求的话,我觉得这种事情是很正常的啊。虽然三个人一起生活可能不太习惯,需要过一段时间才能适应,但是怎么说呢,那可是你的亲人啊。除了这个能有什么事瞒着你呢?"

冴子一直盯着小口喝着咖啡的拓司。他居然这么能说,废话连篇地吐出这么多无关紧要的话。突然想起拓司很久以前说过的一句话："我觉得人最终会走到哪一步，都是早就定好了的。"当时冴子在大学读了七年书，她和友子一起去参加社团前辈的聚会，当她无意间透漏出再次留级的消息时，拓司手里紧紧握着一瓶啤酒，得意扬扬地说出了那番话。"走到那里只不过是一个时间早晚的问题嘛，时间这东西是无关紧要的。我觉得人最终会走到哪一步，都是早就定好了的，关键在去那里的路上，你看到了什么，做了些什么，学到了什么。七年没什么大不了的呀！"他这么说着，夸张地笑了。

"是呀，我变得心浮气躁了，遇到一点点小事我就会放在心上，对没有意义的琐事也感觉好像另有意义似的，浑身发冷呢。那么，那个粉色巴士是什么东西啊？实夏子姐姐为什么说她在等粉色巴士呢？就是这些让我越发感觉奇怪了呢。"

"你这样对胎教不好吧？"

拓司小声说道，他正背对着冴子打领带。

"你说什么呢？你怎么一直是这个样子呢？总说一

些不知道在哪里听说过的无关痛痒的话，总是感觉自己是对的，错的全都是我！实夏子就是让我感觉很不舒服！我就是很不舒服，心浮气躁呢。明明在这里待了好几天了，却从来不帮我干一点儿活儿，她自己除了筷子以外就没有拿过其他东西，半夜三更还起来吃东西。"

说着说着，冴子的声音越来越大了。她感到自己的鼻息深处有一股很冲的味道袭来。谁知，拓司听完以后，突然放声大笑起来。

"那些可全都是妈妈曾经为你做过的啊。"

说完，他披上外套，头也不回地出门走了。冴子心浮气躁，全身瘙痒起来，有种想把什么东西一股脑儿地摔到墙上的想法，可是她没找到不怕摔的东西。就那么一直紧盯着看的话，感觉正门开始缓缓地歪扭起来，冴子这才重新回到床上。在经过实夏子的被子旁边时，脚底下刺啦啦地疼。她坐在床上瞅了瞅脚底，发现上面粘上了好多黑色的细头发。冴子赶紧打开玻璃门，朝外拍打着脚底。她悄悄走到实夏子的枕边，趴在地上向周边地板瞅去，发现白色的被子上和榻榻米的缝隙里也全都稀稀拉拉地落满了黑色的细头发。冴子摇了两三下脑袋，抱起吸尘器埋头干了起来。实夏子被轰隆隆的响声包围着，静静地继续熟睡着。

已经十一点多了，拓司还没有回来。冴子将手伸向溜光白亮的电话听筒，盯着拓司的名片看了一会儿，印刷在上面的拓司的名字感觉像是一个陌生人。她慢慢摁着电话号码，仿佛听到对方的电话铃提醒音在遥远的地方响了八次。"你好。"一个说话语气非常冷淡的男人接起了电话。"你好，请问立花在吗？"冴子战战兢兢地问道。"什么？"男人的语气愈发冷淡，"他从上周开始就去大阪分公司出差了。""啊？我问的是立花啊，出差？"冴子的声音微微有些嘶哑。"是的，营业二科的立花现在在出差中。"男人烦躁地答道。"可是……那个……昨天、前天他都回来了啊。今天早上也是从家里出门的。"冴子结结巴巴地说。"太太，您是在幻想吗？对胎教可不好啊。"电话咔嚓一声被挂断了。

冴子被那声音惊得差点儿跳了起来，她睁开了眼睛，刺啦刺啦混杂着杂音的电话音、男人冷淡的说话声和呼吸声全都清清楚楚地残存在耳朵深处。冴子抬起头想看看表，谁知迎面碰到了实夏子的脸，她再次惊得欲跳起来。实夏子一直瞅着床上，右手拿着超声波照片。

"我可以摸一下你的肚子吗？"

看到冴子睁开了眼睛，实夏子窃窃私语般地说道。

不等冴子回答，她白皙的双手已经掀开了被子，继而掀开了冴子的毛衣，凉飕飕的手掌轻轻摩挲着冴子的腹部。冴子身体陡然僵挺，一直盯着那只白手。

"这里面有眼睛、有嘴巴、有手掌、有脑瓜子，简直像假的一样啊。你不觉得有点儿恶心吗？你的身体里面有另外一个小脑瓜子和眼睛啊。"

冴子突然十分担心实夏子会把她在黑暗中用过的闪闪发光的小剪刀取出来，抵到自己的肚子上，内心害怕得扑通扑通直跳。拓司的声音在脑海里响起："在毫无意义的地方附加些奇奇怪怪的意义。"实夏子无声无息、小心翼翼地在冴子的腹部来回挪动着手。

"好想看你生孩子的情景啊，想看看从一个人的身体里面，怎么生出来另外一个人。"

"粉色巴士，已经来了啊。"

冴子放下毛衣，说道。

"我知道。"

实夏子回答道。

"你要坐着走吗？"

"嗯。"

这么说着，实夏了一直盯着冴子的毛衣看。昏暗的房间里，只有实夏子的脸和手是白白的。

"小拓小时候也是这样的吧？"

实夏子开口说道，定睛瞅着冴子。冴子感到一种难以言喻的恶心，她想推开实夏子，走到卫生间用凉水漱漱口，但是，实夏子伸手握紧了她的手腕。

"我说，他是不是有点儿奇怪啊？听他说话脑子都要坏掉了。一般这样一般那样的，哪里有什么一般的事儿啊，但是，他总是说些奇奇怪怪的、空洞的话呢。

关于这一点,你是怎么想的啊?"实夏子目不转睛地盯着冴子,继续说道,"是吧?很奇怪吧?他就只会说那种奇奇怪怪的话呢,已经不会说点儿正经的话了。我一想说点儿正经话,他就说我脑子有问题没办法正常沟通,我就这么注意着不破坏小拓的世界,迎合着他去总结、去结束聊天。但是呢,我真觉得很恶心。这里面装着脑瓜子啦、手脚之类的,他们会呼哧呼哧地长大,总感觉好恶心。虽然小拓不让我这么说,但是,他肯定也是这么想的吧。喂,你觉得小拓为什么会变成这个样子呢?你知道点儿什么吗?"

冴子盯着实夏子,摇了摇头。

"虽然小拓说过不能坐那辆巴士,但是也并没有什么明确的理由,而是因为有人说不行,他才跟着那么说的,就像把头扭向一边,对着无关紧要的大爷大叔说话一样呢。那孩子很奇怪呢。我要是带他走的话,你可不要怨恨我啊。没有办法啊,那孩子很奇怪呢,怪可怜的。"

冴子轻轻掰开实夏子的手,去了卫生间,哇的一声吐出了一口酸水。然后，她在牙刷上挤上满满的牙粉，花时间用心地刷起了牙齿。她不想就这样走出卫生间，心里想着要是能锁上门，待在这里刷上一生的牙齿该有多好啊！她依次读起了牙粉管和乳液瓶上的文字，最后感觉有些恶心，鼻子深处钻心地疼起来，胃里仿佛有几百只鹌鹑在惊慌失措地乱逃一样。即便如此，冴子依然在继续刷着牙。

四处逃窜、把胃挤得水泄不通的鹌鹑就那么化作了冴子的记忆。早已褪色模糊的记忆，很快便色彩浓郁地浮现出来了，想不起来的教师的名字，更衣室里密密麻麻的胡乱涂鸦，小学周二的时间安排，学校供餐的食谱，自己的学号，家长参观日母亲身上穿的衣服，娱乐活动中露天历史剧的台词，一个个都带着奇妙的真实感苏醒过来了。

这个感觉跟和铁男在一起时的感觉类似。做了无数个梦，是那种即使醒后也依然能够清楚记得的梦，明明声音和感觉都很鲜明，却只有气味欠缺，没有深度。梦境站了起来，潜入现实当中，现实也混淆入梦了。

不管是在梦境当中，还是睁眼醒来，都有稀薄的现实存在，就像那个时候一样，复苏的记忆毫无秩序地散乱着，昨天的记忆和七岁时的记忆混作一团。它们很快就会超过千瓦数，啪的一下子消失，冴子心想，而且，之后大概就什么也想不起来了吧。

冴子站在房间的正中央，眼睛一直盯着十九只毛绒玩具，破旧的毛绒玩具的后背充分沐浴着从阳台照射进来的阳光，它们张眼看着冴子。房间里寂静无声。那么一直盯着看着，感觉十九只毛绒玩具好像一个个开始自说自话似的，十九张嘴巴把冴子淡化了的所有记忆毫无保留地说了出来。冴子轻轻靠近毛绒玩具，将它们一只一只地扔进了垃圾袋里。

冴子拎着两个垃圾袋，拼命地向公园走去。公园里的树木大都落叶殆尽，尖锐的树枝挺立在比平时更为开阔透明的天空中。小区里，修剪得十分到位的绿植、缓缓吸入阳光的公园、赤裸的群树对面，被白色小区包围着的粉色巴士就那么威风凛凛地端坐其中。车窗玻璃和轮胎全都是粉色的巴士将周围的风景微微扭曲了，目不转睛地看着它的话，周围的声音似乎也会被它吸进去一般。冴子出了一身冷汗，腋下冷冰冰、凉飕飕的。

冴子抬起头，朝着巴士走去。她将手指刚一触到灰尘遍布的巴士上，便唰地画出了一条线。她站在车门口，抬起头往里面看，推一下车门，车门很容易被打开了。冴子缓缓爬了两级台阶上车了，能听到有轻轻的音乐声在流动。她伸长了脖子四下张望，想看看里面有什么人，却发现没有人在的迹象。

巴士内微暗，散发着一股令人怀念的气味，奶奶家的气味，友子家的气味，平中铁男的体臭，潮湿杂志的气味，那样的各种气味混杂在一起的气味。冴子站在分列两排的座位的正中央，一直盯着里面看，眼睛逐渐习惯了里面的光线，巴士里也变得明亮起来。塑料座位全都破旧不堪，从破洞的各处露出了黄色的海绵，每个座位上都罩着粉色的座套。冴子瞅着一个一个的座位，一直走到了最后面的座位旁。她一走到最后面的座位旁，便往长长的座位上摆起了毛绒玩具。毛绒玩具整整齐齐地列好了一队，就像在窗边时一样，一直盯着冴子。

"谢谢,我正好想走了呢。"

耳后冷不防响起一个声音,冴子将手收了回来,正中间的长颈鹿啪嗒一下掉在了脚下。她战战兢兢地回头一看,实夏子站在那里。冴子条件反射般地挤出一脸笑容:"是吧?我就是这么想的,觉得实夏子姐姐好像没有什么力气,就帮你拿过来了,能帮上你的忙真是太好了。再见!"

勉强这么生编硬造地说了一通之后,冴子赶紧回脚就走。实夏子温柔地握住冴子的手,微微展现出一个丧失平衡感的笑容。

"没关系的啦,我现在还不走。"

这么说着,她拉着冴子的手,让她坐在座位上了。冴子不敢去看实夏子的脸,一直盯着吸收外面光线的前车玻璃。座位上破裂处的塑料划得她的小腿生疼。

微弱的音乐声是从紧靠两人身后的播放器里播放出来的,不知是因为磁带不好,还是播放器质量不佳的缘故,传到耳朵里的尽是夹杂着一串噪音的、刺耳的鲍勃·马利的歌声。感觉实夏子的手慢慢松开了,冴子闭上了眼睛,眼睑里侧有什么东西在反复亮灭。安静的巴士里,音乐声开始越来越大了。明明还没有生,却感觉肚子里有孩子这个事实好像突然变得很遥远了。因为痒得慌,冴子将手放到了脸颊上,她这才意识到自己的眼睛在流泪。磁带刺啦刺啦地摩擦着播放器转动着,好像在散发什么有害气体一样。冴子开始泪水涟涟,一种类似轻微孕吐似的、不带感情的泪水。那个场所被一种温暖舒适、微暗的温度包绕着。就这么毫无意义地流下泪水,竟然神奇地让冴子感觉十分安心。

"我要走了,一起走吗?"

实夏子轻声细语的声音让冴子睁开了眼睛。不知从何处聚集而来的人们默默无言地上了巴士,他们一一就座的景象映入冴子的眼帘,其中既有年华已逝的流浪汉,也有年纪轻轻的男孩子。在泪水涟涟的冴子看来,感觉乘上车来的所有人看起来都像平中铁男,也都像拓司。

"请问,你怎么办呢?"

实夏子用试探的眼神盯着她问道。冴子连忙摇了摇头，声音沙哑地问道："要去哪里啊？"实夏子只是笑而不语。

所有的座位都被人们的背影塞满了。冴子站起身来，悄悄走到座位中间，没有人抬头看她，她慢慢下了车。

听到有人在喊自己的名字，她抬头一看，是坐在最后排的实夏子在朝她招手。实夏子打开车窗，将长颈鹿啪嗒一下扔了出来。

"送给你了。"

那个黄色的布块在混凝土地上咕噜咕噜地滚着，冴子直直地盯着它。车门迅速关上了，不久，引擎发出了夸张的声音，巴士发动起来了。感觉从那油漆斑驳脱落的粉色车窗里面，好像看到了拓司的身影一样，冴子不由得跑了起来。巴士没有停，疾驰而去了，鲍勃·马利的声音还刺啦刺啦地回响在耳朵深处。拓司应该没有坐在上面，他说过今天开会，所以比平时起得早，一起床就精神头儿好得不得了，开始夸夸其谈什么

"会议这个东西，基本上就是用来证明上头那些家伙没有能力的啊"，然后系好领带去公司了。

冴子捡起了孤零零地掉落在暖融融的阳光里的长颈鹿，长颈鹿也沉甸甸的。冴子目不转睛地看着手里的黄色布块，多次用手轻轻摩挲着其腹部缝合的地方，摩挲了一会儿之后，她将脸靠近长颈鹿的肚子，猛地用牙齿咬断了缝合的线。

从一点一点裂开的肚子里露出来的是黑色的头发，冴子不由得将长颈鹿扔了出去，黄色布块吧嗒一下落到了地面上，黑色的头发在半空飞舞。在太阳光线的照射下，那些头发闪闪发光，落到了地面上。

冴子就那么坐在地面上看着它，紧张感突然松懈下来了，她轻轻地笑了。巴士消失后的公园，跟之前相比没有任何变化，沐浴在祥和的阳光里。冴子用手支撑在干燥的混凝土上，站起身来，她拍了拍裙子，转过身去，背朝着支离破碎的长颈鹿，心想：好啦，回去吧！刚迈出第一步的时候，冴子突然意识到，自己并不明白该回到哪里去，回到哪个房间？回到哪段时间？回到哪个现实当中去呢？

  对啦，拓司！冴子加快脚步，横穿过公园，向电话亭飞奔而去。她一面回忆着拓司公司的电话号码，一面缓缓地按着数字，这时听到有轻微的杂音和电话铃声响了起来。"你好，我是立花的家人，请问立花在吗？"冴子嘴里反复重复着该说的台词。她想跟他说一些事儿——姐姐走了这件事儿，今天几点能回来，晚饭吃什么，孩子好像挺顺利等。电话铃声一直在响，没有任何人过来接电话的迹象。等铃声断了，出来那个接电话说"你好"的声音，究竟会是一个什么人的什么样的声音呢？冴子一面思考，一面持续倾听着耳际响个不停的铃声。

昨夜做了很多梦

在我活着的二十年间，有十个人死了。也许世上死去的人有他们的几万倍之多，但是，我亲眼看见过遗容的正好是十个人。

如果有人问我擅长什么活动，我大概不会回答什么游泳比赛或是球赛，脱口而出的应该会是葬礼。

我会很快忘记在游泳比赛中不能出赛场这样的规则，一到午休时间，就会溜出去买面包吃，还会让泳装保持着干燥的状态度过一整天。在球赛或毕业典礼上也是同样的情况，我会惹老师生气，被罚站，或被禁止出场。

但是，唯有在葬礼上，不会发生这样的事情。我把所有规矩都记得一清二楚。什么时间吃饭，吃完饭坐到哪里合适；要哭的话，在哪边哭最好；诵经的时候，做点儿什么好；就连在最后举行的宴会上，一定要坐在谁的旁边才能吃顿安心饭等，我都一清二楚。

跟游泳比赛和毕业典礼迥然不同的是，在葬礼上无论做什么，相对来说都会更容易获得宽恕。即使喝了酒开始唱起演歌，或者开始寻衅滋事，也一定会有人不得要领地跟着开脱讲情，所以，即便是跟我不太亲近的熟人的葬礼，我也一定会参加。一面往棺材里献花，一面凝视着死去之人的遗容，死者的表情虽然会有微妙的差异，但又有着神奇的相似之处，无论是对自己来说很重要的人，还是不太熟悉的人，都变成同样一个硬硬的外壳了。

被鲜花环绕的遗容有些朦胧不清，这让我总是错过了该哭的时机，即便死者是对自己来说很重要的人。

1

我拿起瓦楞纸箱里塞得满满的二手唱片，一张一张慢吞吞地擦拭着。

唱片店位于西餐厅的地下,黑褐色的墙壁和地板使店内显得越发昏暗,经常会让人完全忘却阳光的存在。可不知从何处传进来的油炸食品的气味和远处的喧嚣声,又会让人想起时间这一存在。

擦了三张就厌烦了,我蹲下来翻弄着瓦楞纸箱里面,发现里面有一张史摩基·罗宾逊①的唱片,便把它抽了出来,放到了播放盘上。这时,门上挂着的门铃丁零丁零地响了起来。"欢迎光临!"我抬头一看,看到板垣站在那里。

"你什么时候回来的呢?"

"嗯,刚才。"板垣回答道,"你几点能结束啊,工作?"

"再过十五分钟左右,惠美就来替班了。"

"那我等着你。去喝个茶吧。"

板垣说着,开始看摇滚乐中的"TA"行开头的唱片了。

---

① 美国演员、歌手、音乐制作人,曾参演过多部影片,2015年6月28日,获得2015年黑人娱乐电视奖终身成就奖。

"你去哪儿了？"

我从吧台探出身子问道。

"青森。"

"跟谁一起去的？去干什么了？"

"跟小光，去泡温泉了。"

"原来小光也去了啊。你们两个突然一下子就不见了，大家都很担心呢。"

板垣的手从"TA"行移动到了"NA"行。这时，一个戴着眼镜的男人走了进来，随便买了张巴洛克名曲就走了。店长什么都没说，从里面走出来，开始检查我擦过的唱片盘。正好五点的时候，惠美说着"你好"走了进来。

"那么我先走了。"

"辛苦了。"

店长和惠美挥手跟我道别。我跟板垣出门了，背后播放的史摩基·罗宾逊的音乐中断了，变成了喧嚣的爵士乐。

走到外面一看，阳光尚浓，一股闷热的气流汹涌袭来。刚钻过架空铁桥下面,轰鸣声响起,周围光线四溢。

"板垣,你的时间没问题吧?跟我一起去趟商店吧,我想买双袜子。"

"最近有什么特别的事儿吗?"

"没有。你们温泉泡得怎么样?"

"啊,很好呀!"

因为天气太过炎热,我们便去了地下商场,板垣默默无言地跟在我身后。被雪白的墙壁环绕起来的地下道路上,人越来越多,因为担心板垣会走散,我不时地回头看他。

卖袜子的在六楼。首先从地下的入口处进去就是一个错误,因为正好肚子饿了,所以眼前那一片卖食品的简直就像天堂。我完全忘记了板垣的存在,四处环顾着展示窗,买了站台盒饭和肉店的炸肉丸子,这才总算心满意足。坐上电梯的时候才想起板垣,我赶紧悄悄回头看了一下,发现他正默不作声地看着我手里拎着的塑料袋。

在一楼换乘电梯的时候,"不好意思啊",我跟板垣打了声招呼之后,便去了卖饰品的柜台。好一通犹豫之后,买了一副耳环,这才又坐上了电梯。

"昨天发工资了呢。"

我笑着说道,趁机确认了一下板垣是否不开心了。

"是吗?"

算是得到了一个回答,这才让我放下心来。接着,我又顺路去了二楼的时装商店街,板垣也顺从地跟着来了。

就这么边走边逛,总算到五楼了,这里传来钢琴演奏的《友谊地久天长》。

"啊?"我回头看了看板垣,"已经结束了呢,怎么办?"

板垣这次都没有回话,也许他更不开心了吧,我便放弃了买袜子。

"对不起,板垣,拽着你到处转来转去。啊,对啦,西餐街营业到晚上九点,咱们要不要到上面休息一下,还是……?你刚回来不久,大概很累吧?"

我快言快语地说完,手脚麻利地坐上了往上走的电梯。

"吃个天妇罗套餐吧。"我打开菜单,轻声说道。

"你要吃吗?刚才在下面买的那些东西怎么办?"

板垣极其冷淡地接道。

"啊,是啊,没事的,作为夜宵吃好了。我来一份天妇罗套餐,板垣呢?"

"啤酒。"

店员做好记录后走了。我尽量不去惹他不开心,开始聊了起来。

"虽然确实没有什么特别的事,不过最近香子可不得了啦,精神更加不正常了,大家都躲着她呢。上次真理子都逃到我打工的地方去了呢,说香子突然来找她,两个人单独待不住了,就溜出来了。后来我跟她一起回去的。"

天妇罗套餐和啤酒端上来了,我掰开了一次性筷子。要是肚子饱了的话,他的心情就会好一些吧,我心想。随即我把自己还没有动筷子的套餐推到了他的面前,问道:"吃吗?"板垣摇了摇头。

"莫不是因为去旅游,把钱花完了?我请客,刚发了工资嘛。"

"不需要。"板垣再次摇了摇头。

"随便你。"我便自己开始吃了起来。

我刚吃了一只炸虾,板垣突然开口道:"你身上没有那种为了生存下去而努力的紧张感啊。"

"你说什么?"

我抬起头来。隔着屏风的旁边的座位上,传来了女人们低俗的笑声。

等那笑声停下来以后,板垣又说了一遍:"你身上没有那种为了生存下去而努力的紧张感啊。"

"你果真生气了?"我战战兢兢地问道。

"没有生气,是被你惊呆了。"

"什么意思啊?我听不太懂……"

"说是要来买袜子。"板垣的声音愈发大了起来,嘴角还带着啤酒泡沫,"最终袜子买不买都无所谓了的这种状态,就象征着你的人生啊!"

"哦……"

"迷迷糊糊搞不明白自己想做的事情是什么,这也看看那也看看,看着看着最后什么都无所谓了,完全没有那种无论如何都想做好这个啦、绝对要这样生活啦之类的决心。完全没有。就那么傻乎乎地、随波逐流地活着,等到回过神来的时候,就那么躺到棺材里去了。"

他一边说着,一边还好像对自己所说的话感到自鸣得意。"说得太妙了!"他脸红脖子粗地滔滔不绝说了下去。很想哭。我想买袜子啊,我那些袜子要么破了洞,要么忘了洗,连明天穿着出门的袜子都没有了,可我在经过四楼的日用品店门口的时候,又想起肥皂也用完了,就想顺便过去买上,仅此而已。可是,只是个肥皂而已,偏偏有几百种之多,从瓶装的到用和纸包着的,从带有水果香气的到百分百牛奶的……反正要买的话,难道不想买自己最想要的吗?把买东西这么点儿小事儿跟人生联系到一起,说得好像全都是我的错似的。我真想把筷子扔出去放声大哭,但是,一想到如果我这么做的话，他还不知道会说我什么呢。

"板垣，你这是怎么了？在青森发生什么事儿了吗？"我故意用鼻尖冷笑道。

"什么都没有发生，我只是把我一直想说的说出来了而已。你去年不也是这样吗？说是要上大学，我就给你辅导功课了，结果居然全都不及格，没有考上。那也就罢了！怎么着？你还在考试那阵子去滑雪了，对吧？如果真去滑雪倒也罢了，居然整整一天都在做什么雪窑洞，跟个傻孩子似的淌着鼻涕。"

他猛地喝干了啤酒，然后又要了一杯。我已经不想哭了，心中的怒火渐渐燃烧起来。因为我不想跟他吵架，所以便越过他的肩头，凝视着窗外可以看到的天空。淡淡的蓝天上挂着一枚细细的弯月，月亮附近唯有一颗星星在闪烁，而街上的霓虹灯却仿佛接受了什么统一的指令一般，仝都亮着。

我不再去看他夸夸其谈的那张脸，只在心里狠狠骂道："什么嘛！你这个得了印象病的肤浅的家伙！真能说啊！傻瓜！"

自己都忍不住暗暗称赞自己骂得妙！板垣就是一个完美得得了印象病的家伙。他绝不是一个对流行很敏感的人，管他外面流行俱乐部还是流行长发，完全跟他毫不相干，好像他自己身上有着什么独特的流行一样。他不仅忠实于自己那点儿小流行，而且还据此改变着自己。

比如，我跟他刚认识的时候，他全身心想的都是性、摇滚乐。那时候去他住的地方玩，他的屋里充斥着简直让人呕吐般熏人的烟味，雪白的墙壁上用油漆写满了"性＆摇滚""爱＆和平"的标语和吉米·亨德里克斯的名字。简直太逊了，看得人头晕目眩。他甚至连吉他都不会弹，同时，还装腔作势假装自己是天才萨尔瓦多·达利[①]，一会儿当自己是生态学学者，一会儿又成了叛逆时尚的摩登派青年。那时候他将他的韦士柏踏板车停在公寓一侧，好像故意显摆似的，但一周左右就被人盗走了。他跟《再见了青春之光》里的男主

---

① 著名的西班牙加泰罗尼亚画家，因其超现实主义作品而闻名。与毕加索、马蒂斯一起被认为是二十世纪最有代表性的三个画家。代表作有《记忆的永恒》《一条安达鲁狗》等。

角一样殴打醉汉,还砸破了停车场里汽车的前窗玻璃。如此等等,总之就是这样一个人物。他福岛的父母脾气很好,每个月都会给他寄来新鲜的蔬菜和大米。可只有被盗的韦士柏踏板车之类,才能激起他的怒火。

出去旅游一个周不见人影,回来后不是送人家特产,而是逮着我就开始说教。这样的板垣,让我无数次想骂他是得了印象病的家伙,但是,即使这么骂他也无济于事,即使把彼此的缺点罗列出来曝晒到这个天妇罗店的荧光灯下,只管互相对骂这里不好那里不好,我们也顶多只是在商店一角打嘴仗的一对情侣罢了。

"我想说的你都明白了吗?"

板垣这么问了一句。我从窗外收回自己的视线,跟眼前这个容易得印象病的家伙对视了一下,点了点头。

想来板垣是从那个时候开始变得奇怪的,幸亏自己当时没有对着嘴角沾着啤酒泡沫的板垣骂"你这个浅薄的家伙",我一直这么觉得。

那时候,我们总是热衷某种什么玩乐,一旦发现什么有趣的游戏，就不管不顾地沉迷其中。不到十人的朋友之间，也有着时兴时废的潮流，比如流行卡牌游戏的时候，大家一起聚集到能容纳很多人的真理子的家里或是板垣的家里，彻夜不眠地打牌。这种时候，想跟某个人取得联系的话，电话完全是无用之物，必须要亲自跑到真理子家里或板垣家里去找才能取得联系。尤克里里流行的时候也是如此，现在我们所有人手里都有尤克里里就是因为这个，大家都随身携带着尤克里里，一边唱一边聊。最容易陷进去出不来的就是板垣了，他天天练得指头上都磨出了泡。由于勤学苦练有功，即兴的对话和唱歌也都能派上用场，表现得十分帅气。有一次，他碰巧在街头演奏的时候，居然还有人投钱，这使得本来只有一点点坐电车的钱的板垣，因此而吃上了拉面。

而如今，无论我们之间流行什么样的玩乐，他看起来都毫无兴趣的样子。玩大富翁游戏缺少人手那会儿，往板垣家里打电话约他，他总会回答："有点儿小忙，不好意思。"他总是待在家里会忙什么呢？因为他一直闭门不出，确实挺让人担心，想着在商店时的怒气貌似已经平息了，所以我去他家拜访了一下。从九点开始，要在真理子家里举行烤肉派对兼大富翁游戏大会，我决定把板垣带过去。

"旅游回来之后你一直都在做什么啊？"

"你不会偷偷藏着什么很牛气的东西吧？"

"后面我们玩一个问题一百日元的智力游戏吧，小黑买了台智力游戏机呢。"

大家一闲下来戳烤肉的筷子时，就纷纷跟好久没有现身的板垣搭话。板垣还是一如既往地端坐在大家的中间。

"已经夏天了啊。"

他牛头不对马嘴地笑道。真理子的房间因为烤肉的电热板烤出来的热气和抽烟的烟气，仿佛烟雾一般白蒙蒙一片。放到最大音量的电视机里，正在播放一位年轻的男演员与一位半老徐娘的女演员的对手戏。小黑和原田君紧盯着画面，正跟着音响里播放出的贾斯汀·比伯的音乐扭动着身体。真理子像一位老母亲一般，正在往眼看就要吃光的电热板上放肉和蔬菜。从左顾右盼的原田君的筷子尖端，啪嗒啪嗒地滴落下了蔬菜汁儿，这把原本就溅了很多油的桌子搞得更脏了。小金递给我和板垣罐装啤酒，小元嘴里一直叼着烟，跟着唱片在弹低音电吉他。坐在角落里的小光宛如窥视一般偷偷瞅着板垣。

"下周前后，我们去海边玩吧，坐小黑买的大篷货车。看过什么有趣的DVD吗？对啦对啦，你们的温泉之旅怎么样啊？小光和板垣这俩家伙，恐怕在温泉街上买女人玩儿了吧？"

"这你可就太高看他俩了吧，原田？"

"去海边还是有些早了吧？那个大篷货车花了多少钱啊？"

"好像有点儿热啊，是不是空调坏了啊，真理子？"

大家你一言我一语，各种话语纷杂交错，板垣只是笑而不语。在烤肉用的电热板就要被收起来的时候，板垣站了起来。

"我想起来了，家里还有点儿事儿呢，不好意思，我先回去了。"他说道。

大家一瞬间沉默下来,唱片也正好在这时播放完毕,只有破旧的空调在嘎啦嘎啦地、空洞地回响着。

"啊,是吗?有事儿就没办法了嘛。"

原田君像忽然想起来一样说道。

"下次再约。会给你打电话的,下次一起玩儿啊。"

"嗯,那拜拜了。"

板垣貌似十分平静地笑着说道,说完转过身去了。我呆呆地盯着板垣那消失在烟雾中的背影。

"愣什么神儿呢?小薰赶紧跟上去啊!"

小光探过身来朝我耳语道。

"啊?可是,不是要玩智力游戏吗?不是买了游戏板吗?"

"你是不是个傻子啊?板垣很奇怪啊,还挺让人担心,你赶紧一起跟着看看去。"

我依然端着尚未喝完的啤酒,说了声"那么待会儿见",便去追板垣了。

明明白天那么热,夜晚的空气却让人感觉凉爽、舒畅。住宅区的街道上不见行人,唯有白白的街灯一串串等距离地排列着,每一盏灯光处,都聚集了无数蚊虫,各自飞舞出自己的花样。板垣简直像过冬一样,将双手插在裤兜里,蜷着身子往前走着。回头一看,真理子所住的公寓里,有很多双眼睛正亮闪闪地俯视着我们。

"你有点儿奇怪啊,板垣。"

我朝着他的背影说道。

"嗯,是啊。"

板垣居然出乎意料地、老老实实地承认了。

在等信号灯变绿的时候,板垣眼睛依然盯着前方,开始说道:"我没有跟你说过吧?在青森县的时候,我和小光看夜空了,结果,很清楚地感觉到了地球在动呢,就跟看星象仪一样呢。小光那家伙说:'你知道吗?地球可是以飞快的速度在转动呢。'"

明明路上没有一辆汽车经过,板垣却不过马路。我一面点头一面站在他的身旁。一直盯着下方看的话,感觉人行横道竟像河流一样唰唰地流动起来了。

"在我们回程的电车上,心情糟糕得好像身体里钻进了小虫子一样,我原以为是心理作用,所以就去你打工的地方见你了。谁知去了商店一看,并不是什么心理作用啊,确实感觉虫子在整个身体里来回钻动呢,还不只是一只,而是很多很多只。它们以非常非常快的速度钻来钻去,好像在说:'哧哧哧,哧哧哧,在干吗呢?快点儿快点儿嘛!'"

信号灯依然没有变化。我把啤酒罐朝着蓝色的塑料桶扔去,啤酒罐划出一道大大的弧线,先是撞到电线杆子上,而后又落入桶中了,飞溅出来的液体闪着银光消失了。

"我跟平时一样,从学校回来以后,打开电视,点上一支烟,呆呆放空的时候,虫子就开始钻来钻去了。啊,好讨厌啊!我便走出去混到人群里面,可还是一个样儿,差一点儿就要叫唤出来了呢。于是,我就回到屋子里读书了,非常集中精力地读书。"

"看暴饮暴食比赛之类的节目也不管用吗?"

"把所有神经都打开,使劲儿盯着吃东西的人的睫毛数一数的话,还能稍微舒服点。"

我本来是想逗他笑才那么说的,谁知板垣的态度没有变,认认真真地回答道。

"啊!"

"什么?"

板垣惊讶得跳了起来。

"这个信号灯应该不会变了,因为在晚上过马路时摁一下才好使。"

我大声笑了起来,笑声空荡荡地流进了夜空。亮着空车车灯的出租车把那笑声吸进车内,疾驰而去了。

以前,朋友之间流行去医院,大概是尤克里里流行过后的下一个流行吧。说是医院,其实有点儿夸大其词了,那里只是简单地进行心理治疗一样的地方,我们总是把它叫作医院。那种医院在郊区,我们总是带着一种郊游的心情,换乘电车过去。没考上大学啦、失恋啦、理想跟现实无法调和啦等等,这种时候内心痛苦和失眠原本就是理所当然的表现嘛,可是朋友们都选择去医院。去后,也只是被医生笑话一阵儿,拿点儿什么维生素而已，而我们却因此都安心了。

医院流行了不到一个月。当然，大家都没有得过什么严重的病，我们的那些烦恼过一个月也就自行消失了。最主要的原因在于有一个叫香子的朋友，因为她的心理真的陷入病态了。

我想起那时候的事儿，便叫醒一旁熟睡的板垣。

"去医院吗？"

"不要啦，事到如今。我又不是生病。"

"说的也是。"

直盯着窗玻璃看，发现它越来越亮、越来越白了，清晨已经到来。我看着板垣一动不动的右半身，心想：是不是在那手腕和脖颈通透的血管中，有几百几千只很小很小的虫子在蠢蠢欲动呢？它们会不会穿过手腕，奔跑在迷宫一样的手背上，在指尖那里往回转个弯儿，然后爬上上臂，再跑到脑袋瓜里发送个信号呢？

"我想啊想啊，终于想明白了一点儿。"板垣像在对着黑暗轻声细语般，"人的身体里有个芯子，那个芯子正要以迅猛之势钻出来，可是身体稳稳扎根、纹丝不动,所以虫子们就四处乱爬了。"

我在心里一一重复着板垣所说的话,他的话音伴随着奇妙的回声在响着。我慢慢做了三次深呼吸,抬头看着天花板,说道:"我啊,经常会感觉一切都像假的似的,自己现在所处的环境,所看到的风景,听自己说话的人,全都在摇摇晃晃。不管是谁都是这样的吧?板垣当然也是这样的吧?谁都会有这种情况,过一阵儿就好了。"

板垣沉默不语。

我认识的人里面有十个人去世了,明明是自己非常喜欢、对自己来说非常重要的人去世了,生活却没有发生任何变化。明明都死了十个人了,亲戚数量非但没有减少,反而每参加一次葬礼就会多上几个新面孔。只是哭上个一两天、闹腾上一番,等到第二天,或者第三天,便又一切照旧了。自杀的同学借给我的唱片,爸爸的牙刷和婶婶的卷发夹,只要不经过某人之手进行处理,这些东西都会继续存在。突然注意到这一点时,我不禁一脸茫然。使用这些东西的人和需要这些东西的人明明都已经不在了,而它们还在好好屏息守护着这些人,如同守护着他们已不存在这一事实一般。在茫然迷糊的意识状态下,我认认真真地沉思起来:是不是一开始就没有人在啊?或者大家是不是都躲猫猫藏到某个地方去了呢?等到将来有一天,所有人都已忘记的时候,他们会不会回来取走唱片、牙刷和卷发夹呢?我想跟板垣说这些话,想告诉他没有关系,没有什么大不了的,但是没有说出口。我知道,为了给别人解释什么或者说服别人而搬出死亡这一话题,是一种非常卑鄙的行为,也是一种令人深感羞耻的做法。从这十个人的死亡当中,我学到了这些。明明人死得那么容易,而死亡的意义却又如此重大。

2

刚要出门打工的时候,有人打来电话,是川崎的婶婶打来的。

"这次我们要举行消灾仪式了,小薰来不来啊?"

婶婶在电话里问道。

"是消灾吗?"

"是啊。之前你功叔总是不喜欢这些东西,一直反对,所以才没有做过。他本人不是去世了吗?不管怎么说这种事儿也太多了,尤其这两三年特别多,所以我就让人给介绍了一个特别值得信赖的人,准备在自己家里做做。虽然你离得有点儿远,不过如果能来的话一定要来呀,时间定在了下个周的周日。"

这位婶婶不管身边死了多少人,依然对死这一行为无法习以为常。她那么心惊胆战地过日子已经好多年了,没什么事儿的时候不要买什么孝服啦,半夜三更不要剪指甲啦,如此等等,总是严守着很多这样的清规戒律生活。她明明早已年过半百,在和灵柩车擦肩而过的时候,还是一定会把所有的指甲都隐藏起来。葬礼也总是一副无法习以为常的样子,即便不是很亲近的人去世,她也会号啕大哭;即便腿脚跪麻了,也依然会在诵经的时候正襟危坐,等到出殡的时候再毫无悬念地咕咚倒地。

"我那天要去打工,没办法调休呢,不过婶婶邀请我好开心啊。"

"啊,是吗?真遗憾啊!那么,到时候我也替你祈祷了吧。"

婶婶发自肺腑地、遗憾地说道。

放下电话后,我出了门。

在钻进我们地下的店之前,我绕了个道充分沐浴了一下阳光。天气一天比一天热起来了,夏天已经近在咫尺。在夏天来临之前,板垣大概会恢复以往的样子吧。这样的话,我们就把小黑的大篷货车的车窗全都打开,一路任凭夹杂着灰尘的风吹着,大呼小叫地去海边吧。

上午我做了一下二手光盘的价格贴,将店长手写的价格和唱片盘的次序等级做成了价格贴。这个工作结束之后,便又开始擦二手盘了。走进店里的顾客们额头上汗津津的,他们一直在店里看光盘直到汗水消失。店长在和熟人说笑着。油炸食品的香味飘了进来,已经到中午了。穆迪·沃特斯[①]的歌已经唱毕,唱盘上的

---

① 美国蓝调歌手,被尊称为"现代芝加哥蓝调之父"。

指针轻快地返回了,我将正好拿在手里的巴赫的唱片放到了唱盘上。

擦好的唱片上有一条很大的伤痕,十分显眼,我一面用心地擦拭着伤痕周边,一面想起了那天晚上板垣所说的话:"好像在说:'哧哧哧,哧哧哧,在干吗呢?快点儿快点儿嘛!'"那些家伙在全身爬来爬去。唱片上映出我歪歪扭扭的身影。"说是要来买袜子,最终袜子买不买都无所谓了的这种状态,就象征着你的人生啊!"板垣的话像念珠一样连接在了一起。那些念珠轻轻落到了心房,合着听惯了的曲子,从前的自己突然冒出来盯着我笑道:"你在干吗呢?"

双手叉腰,看似盛气凌人地教训我的那个她,是天才时期的自己。

曾经,我是个天才,我弹钢琴大家都夸好听。当然,从四岁开始我就一直在练钢琴。优雅的钢琴老师啦,年长的音乐教师啦,妈妈啦,同班同学啦,来参加我的演奏会的所有亲戚们啦,大家都不吝一切好话来表扬我,所以我便轻信自己是个天才了,觉得自己轻而易举就能考上音乐大学，不费吹灰之力便可以当钢琴家了。可是，到了高二快结束的时候，他们说要想就读音乐大学，必须跟着相关的老师补习专业课程才行。为什么我这个天才还要补习呢？虽然我心里这么想，但是，我和妈妈还是带着一个"天才非我莫属"的共同理念，去拜访了钢琴老师介绍的G大教授。

教授家里，用各种各样的商店包装纸包裹起来的礼物堆积如山，她用一副百无聊赖的样子将我们带过去的歌帝梵巧克力往礼物山上随手那么一放。在我们喝了一杯超级美味的红茶之后，教授说了声："那么，弹弹看看吧。"我得意扬扬地坐到了高级品牌的钢琴前，内心憋足了一股劲儿："歌帝梵不满足是吧？臭老婆儿！"我开始了我天才般的演奏，三分钟都不到。"可以了。"她说道。她不仅没有对我那不满三分钟的精彩演奏感到震惊，而且还用毫不在意的神情给我们说了一下那高得离谱的课时费，价格高得吓得人不由得想赶紧把红茶还给她。

原来我不是天才啊。

那么就努力当个秀才继续加油吧！可是那个时候的我，像泄了气的皮球一般浑身发软，毕竟我对自己是天才这一事实深信不疑长达十年有余，同时，也靠其支撑着活到了今天。一瞬间，感觉那段路程好像都成了别人的人生一样。这么跟别人说的话，可能人们无一例外地会捧腹大笑吧，但是，当时的我深受打击，感觉回家的道路都歪歪扭扭，无法笔直行走了。母亲帮我拦了辆出租车。宛如从现实扑通一下子跌落下来一般，不，也许这样说不正确，应该说屁股蹲儿碰到的地方才是原本的现实吧。

我暂停唱片上正要开始播放的自己当时弹奏的曲子，换上了斯莱和斯通一家的曲子。

对现在的我感到好奇的，只有像聚会一样聚集在葬礼上的亲戚们。

你现在究竟在做什么呢？钢琴不弹了吗？我们都以为你会去上音乐大学呢。

我突然不再继续弹奏钢琴时，母亲是这样给我打圆场的。

"她得了腱鞘炎，有后遗症呢，没法长时间弹奏钢琴了。这孩子一直在走钢琴这一条路，现在开始改变路径太难了。"

因为这样为我说话的母亲也已经去世了，所以，我只能自己保护自己了。他们非常喜欢那些什么都不做、游手好闲、晃晃悠悠地生活的年轻人，一旦谈起这个话题，只这一点儿就能聊上一个小时。

"一而再，再而三的不幸，就会让人垂头丧气，哪里还顾得上考试呢？"

如果有人这么一说，其他人都会随声附和："是啊是啊，太不容易了呢。"人家都对我表示同情，时而也会有油腻腻的中年男人脸红脖子粗地转过头来插上几句。

"现在的年轻人真是悠闲啊！我们那个时候就是想玩时代也不允许啊。不过怎么说呢，也正是因为这么拼命努力，才有了现在的幸福啊。你们这些孩子貌似生活环境好了很多，其实很不幸呢。还真能什么都不干地瞎玩啊？不会吧？你是那个什么新人类吗？说起来多丢人啊!"

他这么一说,周围的老男人们也都一律表示同意,随即展开了一场批判现代年轻人和忆苦思甜自己那个时代的畅谈。

当我对此心生不快时,男人们的妻子们则膝行靠近过来,面带歉意地笑道:"对不起啊,平时不会喝得这么厉害,他也是因为寂寞呢,因为又少了一个兄弟嘛。"

女人接着跟男人说:"再怎么呆头呆脑地瞎玩,到了一定年龄也会嫁出去的,怎么也能找到个工作混口饭吃啦。"

"啊呀呀,小薰那是什么意思?你是说我说过什么不该说的话了吗?啊哈哈哈哈。"

我看着这么哈哈傻笑、烂醉如泥的男人,心里骂道:"哪里寂寞了?你这个混蛋。你要是寂寞的话,就扑到你兄弟姊妹的尸骸上使劲儿哭不就行了吗?一起陪着躺到棺材里被火烧掉不就行了吗?"

不管喝醉酒的他们说什么,我都会在心里这么恶骂，这样内心就会变得畅快轻松。但是像今天这么冷不防地出现的曾经的自己，对着现在的自己询问"你在干吗呢？"，还是会让我好一个胆战心惊，仿佛从现在正在持续进行的现实突然跌落下来一般。就跟当时坐上出租车回家时的心情一样。

"你可以去吃饭了呀。"

店长的声音把我拉回到了现实，原来我还好端端地活在现在正在进行的现实当中。店长的朋友已经回去了，斯莱和斯通一家的曲子的 A 面已经唱完了。我把尚未擦完的唱片放回唱片封套中，出去吃了一顿比较晚的午餐。从台阶上仰头看去，出口处很明亮，亮得甚至十分通透。我一面这么看着，一面靠近光线处，明知眼前是司空见惯了的炎暑景色。

吃完午饭之后，依然还有三十分钟的空余时间，所以，我便去游戏中心打发时间了。耳畔萦绕的是电脑音乐和孩子们的欢笑声。这时有凄冷的空气穿梭而过，我盯着画面，朝着对面过来的敌人持续射击。

"你现在不用上班吗？"

这话明显是对着我说的，我抬头看了一眼，发现小光正坐在我的对面。一瞬间我的战机被一顿暴击，屏幕上显示出游戏结束的文字。

"不好意思，害你游戏结束了。"

"你在干吗呢，小光？为什么知道我在这里啊？"

"因为玻璃窗啊，我来你这里处理我的旧唱片。"

小光指着脚底下的纸袋，然后将两个冰镇罐装可乐放在了游戏的画面上。我从兜里掏出一个一百日元的硬币，再一次把它投进了机器里，热闹的曲子开始了，战斗机冲了出来。对面传来了打开易拉罐的声音。

"喂，你们在青森的时候，真的去泡温泉了吗？你们两个是不是去干什么坏事了？"

我一面继续玩着游戏，一面问道。映照在画面上的小光喝了一口可乐。

"比如买女人玩？"

"不是啦！来卖自己唱片的男人怎么可能会有那么多钱？板垣回来以后明显很奇怪。"

"啊。"

"啊什么啊,你隐瞒了什么吧?告诉我呀。"

"你会保密吗?"

"嗯。"

小光沉默了一会儿,眼睛盯着令人眼花缭乱的画面。反正你不就是为了说这个才来找我的吗?我不慌不忙地摆好架势等着他说。

"那是什么时候来着?报纸上不是登载过招收死亡体验之旅的人吗?"

"啊?什么?"

我不由得抬起头来。一瞬间机器爆炸了,第二台机器跳了出来。

"死亡体验之旅。在青森那会儿,有一个那样的活动,现在好像不知哪里也在流行呢,叫作什么'放松'。就是把这种活动稍微延伸了一下,人进到一个类似装满水的胶囊里,处于完全浮游的状态,好像创造出了一种特别接近极度虚无的状态。就是邀请别人体验一下无限虚无的感觉吧,那种。"

"你们两个体验了吗?"

"没有，我没有，只有板垣体验了。本来我也计划要体验，但是，中途有点儿提不起兴趣了，就觉得不体验也可以吧，便退掉了。板垣体验了那个。结束以后我问他感觉怎么样，他什么都没有说，然后半夜三更约我去看海，关于那个体验，总而言之一句话都没有多说。大概说过什么感觉挺爽的，大概就是从那以后吧，他就变成那个样子了。从那天以后的第二天，他就开始变得奇奇怪怪了。"

"为什么呢？他现在有想死的想法吗？"

游戏已经完全结束了。小光大声笑了起来。

"不是的，不是的。死亡体验只是个措辞问题，那么说说而已。那个胶囊里面的虚无状态，也许接近死亡状态吧，大概这只是活着的人自以为是才那么说的吧，但是实际上，是不是说如果进到里面的话，就能体验到死亡了呢？完全不是那个意思，死亡体验只是一个广告卖点。这一点我和板垣都心知肚明，只不过想玩一玩啦。"

"在那个胶囊里面发生过什么事吗？"

"所以说我不知道嘛。不过,板垣不是一个一受到什么影响马上就会改变的那种人,我觉得这次也同样如此,所以不用太过担心。如果再发现什么新的东西的话,他肯定就会马上忘掉那些事儿啦。"

"这个世界上还真是有一些奇奇怪怪的东西呢……"

没有打开拉环的可乐易拉罐上密密麻麻满是水滴,都将画面濡湿了。我想把死亡这个词语和板垣曾经在那个晚上跟我说过的虫子联系起来,就像找不到任何头绪,要把过短的丝线连接起来一样,我的内心十分焦躁。小光默默不语,不时瞅着我看。

"虽然只是一个广告卖点,但是会让人对死亡这个词语产生反应,这一点是确凿无疑的。"

过了一会儿,小光说道。在喧嚣四溢的环境中,仿佛窃窃私语般的那个声音十分神奇,真真实实地传到了我的耳朵里。

"这话什么意思呢?"

"虽然是老生常谈了,但不是经常有那种情况吗?骑着摩托车飞奔上了二百公里左右的时候,就会有一种干脆直接噗的一下子这么飞出去的话会很爽的想法。这种爽劲儿是没法搞明白的呀，噗的一下也不是那么容易实现的。正因为搞不明白，所以才会觉得这样做的话，说不定会比这个世界上所有的事儿都爽得不得了呢！"

"是吗？我不骑摩托车，不懂那种心情呢。"

"嗯。完全不是想自杀之类的那样的心情啦。比如说吧，假设死亡像河流，我们在森林里迷了路，走得筋疲力尽的时候，听到悦耳的潺潺溪流声，就会不知不觉地、摇摇晃晃地走过去，在河边躺下来。会不会就是这种感觉呢？我觉得要是这样的话就好了。"

与游戏中心格格不入的这番话将所有声音吸收殆尽，传进了我的耳朵里。没人扔硬币的游戏画面开始自己随意打斗起来，小型战机一个接一个地将敌人的要塞爆破。我扭过脸去，看到了玻璃对面闷热的景色在摇摇晃晃地散发着白光。

"所以呢，虽然不敢断定是怎么一回事，但是我的意思是，并不是只有板垣一个人很奇怪，毕竟那个旅游团也来了很多人呢。只要没有变得像香子一样就已经很好了呀。回来以后,发现香子那家伙越来越厉害了呢,就好像自己得了心理重病,请你们特殊对待我啊那样的感觉。你……时间不要紧吗?"

我看了看表,休息时间早已经过去了,我便拿着可乐站了起来。没料到可乐会这么凉,凉得让人吃惊。我和小光一起走出了游戏中心。

我觉得他所说的"噗的一下子这么飞出去"是种很哲学的说法。我的脑海里想起了十个死去之人的容颜,十个人合为一体,形成了一张不是其中任何一个的、整合出来的模样。

我的父亲沉默寡言。孩提时代的我,有时候会真的怀疑他不会说话,或是不会使用语言。如果正巧遇上父亲正在说什么的场合,我会感到很震惊,原来他的声音是这样啊!可谁知父亲就那么一言不发地去世了,无论病情如何恶化也不喊疼,只是通过在深夜的病房楼乱走来缓解疼痛之苦。"那个人的拖鞋声让人睡不着。"碰巧听到住院患者这样说的时候,我便会努力回忆父亲的声音。

跟我关系要好得简直跟恋人似的弘子阿姨挺起她衰弱的上身说道:"喂,小薰,等我好了我们去泡温泉吧?""等我好了我们去跳迪斯科吧?""等我好了我教你织东西吧?""等我好了要不要一起去学游泳啊?"我听到这些话时心里很难受。她当真相信自己会有恢复健康的那一天呢,还是已经脱离现实,在梦境里呼吸了呢?

当听到弘子阿姨病倒的消息后,大家都聚集到医院里,可是她已经去世了。医生在狭小的病房里解释着什么,他拿起弘子阿姨的手臂,在上面轻轻滑了一下食指,这时,本已去世的她的皮肤上,浮现出一大片鸡皮疙瘩。看那情形她似乎马上就要爬起来大叫:"你干什么?"可是,她没有爬起来。

我周围的人都那么简单地死去了,甚至有时候让人不由得笑问:死亡就是这么一回事儿吗?但是,他们在人生的最后一刻,到底看到了什么,想到了什么,我无论如何都搞不明白,也不可能明白。有时候我非常焦躁地想了解，这跟小光所说的——说不定会比这个世界上所有的事儿都爽得不得了——是两码事。我并不是想了解死亡，我想知道的是他们看到的东西是什么。也许正是因为不了解这一点，所以，有时候才会感觉一切都像谎言一样，才会稀里糊涂地感觉他们好像藏到了某个地方一样。板垣被虚无包围的时候，可曾看到那些东西？他们是否独自一人看到了什么共同的东西，然后又回归到了一直以来的现实当中呢？

护照，牙刷套装，铝制的杯子，便携笔记用品，那天晚上，板垣将这些东西摆放到了绿色的地毯上。

"我要去旅行。"他说道。

"又要去吗？去哪里啊？"

"印度。"

板垣满不在乎地答道。我差一点儿就要笑出声来，随即拼命忍住了。印度这个国度，跟这位得了印象病的人也太合拍了吧。

"你想笑就笑吧，因为我自己也感觉挺奇怪的。"

板垣自己也笑了。

"准备什么时候去呀？"

"下周。本来是安排一个月之后去的，不过因为有人不去了，倒出空儿来了。"

"下周？"

"是的。不过，这么定下来心里就有着落了。"

"是吗？"

板垣不再吭声了。我也沉默着，看着摆放在那里的护照和牙刷套装，心里琢磨着该说点儿什么。然后，我下定决心，抬起头来问道："什么时候回来呢？"

"不知道，也许不回来了。"

"啊？你是说要在那边定居吗？"

"不是那样的，我还没有考虑后边的事儿。也许会从那里再去别的地方，也许会签证到期再回来，也许会一年两年都回不来。"

"啊，这样啊。"

然后，我们又一次沉默不语了，白色窗帘唰啦唰啦地摇曳着填补沉默的间隙。我再次琢磨着，该讲点儿什么好，这次却什么都想不出来了。

也许不回来了，总感觉我好像早就知道事情会变成这样似的。

"你生气了吗？"

板垣盯着我问道。还是平时那个板垣。

"生气？生什么气？为什么要生气？"

"啊，不，我自己总觉得有一点儿任性呢。"

"嗯，但是，你的人生是你的，没有什么任性不任性，不管多么没有真实感，不管多么表象化。"

"有点儿没有真实感啊，确实是那样啊。不过，去看一下的话就会有真实感了。"

"说的是啊。"

然后我们都一言不发了。板垣伸手打开了CD播放盘，我们默默听着第一首曲子开始播放，之后轮到了第二首曲子，一个快要撕裂般的声音在唱歌："我们一起去买干炸鸡、香烟和咖啡，一起回来吧！然后再买冰激凌，冰激凌不要忘了。"

板垣突然将CD音量降低到了零度，一脸认真地问我:"你听不到声音吗?"

我侧耳聆听了一会儿,回答说:"什么都听不到。"

板垣压低声音说道:"我经常会听到声音,遥远的某个地方的海滨,被波浪击打着互相碰触的贝壳的声音,之前不曾听过的做晚饭的人们的说话声。可当我把房间里所有的声音都关掉后,却又什么都听不到了,总感觉好像真是心理作用似的。不过,这里面有时候只有一种不太清楚的声音混杂在其中,有时候也会感觉那个声音好像在呼唤我似的,就像把音质很差的磁带放到很大音量,从内部会传来嘎啦嘎啦仿如撕抓播放器一样的声音。如果集中精力好好听的话,觉得那里面好像在慢慢地、慢慢地呼喊'快——来——呀!'似的。"

我再一次侧耳聆听,依然还是什么都听不到,但我觉得板垣所讲大概不虚,或许板垣能够听到吧。自己能不能想尽办法听到呢?我将全部的注意力都集中到耳朵上试了试,听到了一个小小的警笛声,其不断变换着音阶飞奔而过。

板垣要千里迢迢跑去印度的消息很快在朋友们之间传开了。大家听到这个消息后的第一反应是哄堂大笑，然后像突然想起来一般问我："小薰，你怎么办？"那是因为我跟板垣保持恋人关系已经很长时间了，就像肚子里的同卵双胞胎一样，一直黏在一起。可是我感觉这个问题听起来有些奇怪，便笑着说了声："没什么。"我不知道除此之外该怎么回答好。

总而言之，距离板垣去印度还有不到一周的时间了，所以，我们急急火火地安排了一下，计划举办一个欢送板垣的送别会。

非节假日期间，娱乐设施这边人很少。一钻进入口处，真理子、小金和小黑就开心地跑了起来。我们从脸上残留着几道明显的汗痕、站着的一位姐姐那里买来了爆米花，我和板垣、原田君并肩走着。

"我们大家一起想出来这里的，觉得印度可能没有这样好玩的地方。"

原田君笑道。

真理子在远处用她那高亢的声音对着我们喊道,三个人便弹掉手里的爆米花,跑了起来。

在排队等候的那段时间里,我们激动不安地眺望着整个机身滚来滚去地从眼前飞奔而过的过山车,撕心裂肺般的尖叫声一浪接一浪地传来。在这个节点上,我们已经完全忘记了板垣要去印度之类的事,我们聊着无聊的话题,用超乎寻常的声音放声大笑着。

载着我们的过山车缓缓地垂直上升,而后开始响着巨大的金属音滑落起来。坐在前面的真理子和小黑高举着双手,发出了分不清是叫声还是笑声的奇怪声音。我和板垣面对面,忍不住哈哈大笑着。机身在弯弯曲曲的轨道上奔跑的时候,似乎在威胁着我的内脏不住地摇晃。一瞬间我有一种错觉,这鲜红得很不自然的载体会带着癫狂的我们直接脱离这里冲出去。大笑声和轰隆声倏忽远去,当清澈不见底的蓝天出现在脑袋下方的那一刻,一个问题突然啪的一下子抛进了我的脑海——这里是哪里来着?

没等我好好考虑这个问题,过山车停了下来,乘客接二连三地下来了。真理子似乎还停留在刚才的亢奋状态当中，连连发出意义不明的尖叫，原田君在混凝土上翻滚着笑。

我们用站立不稳的双腿继续奔跑着，再次在飞行地毯前排成了一排。兴奋过度的小黑一直在聊女孩子的话题，只有在喘息的时候才会中断话题。"哎呀，你不知道啊，结果她不管三七二十一，把各种东西全都搬到家里来了，好搞笑呀！在纸巾上还要盖上带着装饰边儿的盖子呢，明明跟她说了不需要，还要在那么窄小的厨房里做什么红烧豆腐。"没人听他说话，大家将身体探到铁栅栏上，盯着眼前如同空中水桶一般画着圈儿、来回摇摆的、气派的乘坐机器，如痴如醉地听着被投放到半空的人们的尖叫声。

飞行地毯开始缓缓地左右摇晃起来，渐渐地画起了大弧。我右手拉着板垣，左手拉着真理子，一面大呼小叫，一面在心里开始想，会有人跟刚才的爆米花一样被弹出去，然后落到地面上吗？这么想着，短暂的尖叫声之间，我的眼前非常真实地闪现出一个人的身影，这个身影被轻轻抛出去的慢动作在空中划过，落到地面后又微微往上反弹了一下。是的，肯定会那样。我紧紧地闭上眼睛，感觉会变成那样的那个人毫无疑问是板垣。而且，这么想象着自己的恋人在空中被来回摇摆、被扔出去的场景的自己，反而变得不正常了。

飞行地毯终于停止晃动了，我的右手感知到板垣冰冷的手了。不知为何，我感觉有些不可思议，他竟然还在这里。

傍晚，我们买了酒和食物，去了板垣家里。他家里基本上都收拾得差不多了，比平时感觉要宽敞。我们把椅子搬到阳台上，排成一排吃着烧烤。眼前的漫天晚霞，呈现出粉红和紫色交织的颜色。

原田君突然开口说道："印度人果真是吃咖喱饭的吗？"

"应该是吧。"

"这个房子要处理吗？"

"嗯，不知道什么时候会回来嘛。"

"学校那边怎么办？"

"办个休学。"

"有钱吗?"

"打工攒了一些,又向父母借了一点儿。"

"不过啊,板垣很幸福啊。"

小黑突然开口道。

"能跟父母借到钱去游学,小薰也什么都不说,你小子可真是幸福啊。"

"随便你怎么说吧。"

粉红和紫色的天空颜色越来越浓,不久,蓝天被染成了一片深蓝。月光朦胧,如同月亮在祥和地微笑一般。

"就像最后的晚餐一样呢。"

小金站起身来,低头看着排成一排坐着的我们,笑着说道。

"才不是最后呢。"

小黑说道。

"也许是最后了呀。"

我攥扁喝空了的啤酒罐,看着板垣说道。

"嗯,也许是最后了。"

板垣笑着答道。

"小薰你是不是脑袋瓜真的有问题啦?为什么要说那么让人深感寂寞的话呢?等回来了再聚在一块儿不就好了吗?没有那么夸张吧?"真理子当真生气地朝我吼道。

被完全染成了浓郁的藏蓝色的天空中,淡淡的云缓缓地画着图形飘过,傍晚温暖的清风掠走了我们拿在手里的食物的香气。

"给你点儿东西吧?"

大家回去之后,我收拾残局的时候,板垣对我说。

"什么东西?"

"你想要什么都拿走好了,唱片也好,书也好,游戏也好。"

板垣一边摆放着开口的瓦楞纸箱,一边说道。我一个一个地瞅瓦楞纸箱,从里面拿出咖啡豆、三张蓝调音乐唱片、射击游戏软件和鱼的图鉴。

"就这些了。"

"就这些就行了吗?"

"就这些就行了。"

"好的!"板垣回答了一声后,他将所有的瓦楞纸箱用塑料胶带封了起来。

"那么,我回去了。"

"我送送你,稍微送送你。"

板垣拎着黑色的垃圾袋,跟在我的身后。他在门口站住了,徐徐地将自己的手表摘下来,递给我说:"这个也给你。"

"不需要呢。"

"为什么?你不是很想要吗?你说过这个很帅,而且我觉得就算我拿着它也不会再用到了。"

我盯着他朝我笔直地递过来的硕大的银质手表,看了一会儿,接过来装进兜里,手表很冰凉。

两人默默无语,走在夜晚的道路上。一卸下劲儿来,我就想起了飞行地毯,感觉身体好像依然浮在半空一样。

周围十分安静，就连我们的脚步声都被湿润的、夜晚的空气吸收进去了，即使侧耳聆听，也听不到任何声音。我一边在板垣的身旁走，一边思考着，被波浪击打的贝壳会发出怎样的声音呢？

"到这里就行了。"

走到拐角处，我说道。

板垣依然用两只手拎着垃圾袋，表情有点儿不知所措似的点了点头。

"那么，保重。"

嘴里虽然这么说着，但我们依然那么站着没动。一群貌似从辅导班回家的孩子们咔嚓咔嚓地吃着零食小吃从身边经过。仰望夜空，月亮依旧朦朦胧胧。孩子们的声音在远处消失了，开着电灯的房子好像在守护着空无一人的家一样，鸦雀无声。明明被留下的人是我，却好像两个人一起被留在了这夜色中一样。感觉黏糊糊、暖烘烘的夜风也突然一下子变得清凉了。

"看不到星星啊！"

板垣的话让我抬起了头，眼前是抬头仰望天空的板垣那白白的脖颈。

"你要去的印度的海岸周围,那里估计能看到很多星星吧。"

"好期待啊。"

我把手伸到一直抬头仰望天空的板垣的喉咙上,然后,又摸了摸他的脸颊和肩膀,温暖又柔软。

"那么,再见了。"我说道。

薄暮中,板垣举起好像在发着朦胧的光一样白皙的手,缓缓地摇了摇。我被他的手迷住了,以至于忘记看他的脸了,不知道他是怎样的表情。

转过拐角,朝着相隔几米远的家走去的时候,白天那种浮在半空中的感觉愈发强烈地涌了上来。我闭上眼睛,伴随着那种身体被抛掷、轰隆轰隆的轰鸣声旋转在半空的感觉走着。一团漆黑让我不安,微微睁开眼睛一看,觉得自己似乎在浓黑的暗夜中游泳一般。就像这样,这种也许再也无法相见的分别,跟人死去是极为相似的吧,我心想。一想到这一点,意识立即模糊起来了,连意识也一起在黑暗中轰隆轰隆地转动起来了，完全没有了那种脚踏在地面上走路的实感，感觉有一个色彩鲜艳的、不可思议的乘坐机器载着我，只载着我一个人，以极快的速度飞转着，正向着不知何方飞奔而去。我已经连一步都走不了了，慢慢睁开眼睛，周围是丝毫未变的炎热的黑暗，两只脚正结结实实地踩在地面上支撑着我，夜晚安然无恙地继续深眠着。

但是，他们……我又开始一边走一边浮想联翩，死去的那些人并没有一个像板垣那样问道："我可以走吗？留下你一个人不生气吗？我是不是太任性了？"如果他们跟我这么说的话，我会怎么回答他们呢？那是你自己的人生，没有什么任性不任性。感觉有些滑稽了，我低着头偷偷笑了。

3

板垣就跟开玩笑似的真的走了。即便在他走了以后，一切也都毫无变化，我们一成不变地聚集在真理子家中，一起吃饭、玩大富翁游戏。如果非要说有什么变化的话，也就是一些琐事儿吧。

比如，我开始戴着手表走路了，明明以前从来没戴过手表，但是，因为从板垣那里收到的那块银色手表确实挺有品位，所以我现在走到哪儿都戴着了。这么一来，我就开始在意时间了，表有没有停？有没有跑快了？现在是几点了？不知道表居然这么重，时间居然是这么一回事啊，我微微有些惊讶。三天过后，手腕已经完全习惯了手表，虽然在意时间有点儿麻烦，但再也没能摘下来。

然后还有，偶尔打开电视看到国际版新闻的时候，我竟然不知不觉地看了起来。以前每次看到国际新闻，心里总是很排斥，谁会在意这些国外的天气呢？又是巴黎，又是纽约的……可现在一看到电视里说"新德里阴，气温三十摄氏度"的时候，就会不由得恍然大悟：对啊，原来是为了这种情况，是为了让我在这边也能比较直观地了解他的情况，如：板垣现在大概出汗了吧？或者他现在大概正在抬头仰望着灰色的天空吧？

打工回来后，我去了香子就读的那所大学，因为昨天晚上香子邀请我一起吃饭了。虽然已经好久没有和她见面了，但是听大家说过关于她的传闻，所以我并不太想去。可是，总到人家真理子家里蹭饭也有些不好意思，加之我也更不喜欢自己一个人吃饭，所以，我就回答说："如果你能带我去你们大学里吃饭的话也行啊。"

大学校园内几乎没有什么人。香子身穿一条白色连衣裙出现了，她的肌肤白得让人惊讶，在这么个炎热盛夏居然还能保持这么白的肤色，甚至让人怀疑她是不是钻到冰箱里生活了。

"我们去哪儿？"

"我想去图书馆。"

"但是，图书馆肯定已经关门了吧。"

"那就去教室吧。"

香子点点头走了起来。

"你的病好了吗？"我对着她的背影问道。

"好了很多，不过还是有点问题。"

香子转过头来笑道。

香子领我去的是像高中礼堂那么大的一个教室，虽然电灯已被全都关掉了，但是还能进去。

"老师就站在那里讲课吗？"

"是的。老师用麦克风讲课，但是没有人听课呢。"

太阳眼看就要落山了，我们在好不容易有一丝光线照射进来的最角落的两个座位上并排坐了下来。"好像有点儿不可思议啊！"香子笑道。见她完全正常的样子，我放心下来。

"听说板垣君去了印度？"

"嗯，大约一周前去的。"

"你也很不容易啊，变成孤家寡人了，对吧？"香子说道。

她把脸靠得很近，近得几乎让人心跳加快。

"那个医院，你现在还去吗？"

我换了个话题。

"嗯，去。"

"不过很好啦，好像已经好了很多了，基本正常了。"

我这么一说，香子冷不防滔滔不绝地讲了起来。

"也并不是那样哦。比如整整一天什么也不吃，半夜三更突然深感恐惧会饿死，于是什么也不蘸接连吃了三根法式面包啦；或者某一天忽然感觉人的存在太可怕了，便把电视线、电话线等所有线统统都剪断了；还有时会特别想跟别人说话，就跑到小剧场前面坐上一整天，跟醉汉们瞎聊啦；想去医院，坐上电车之后，发现竟来到长野县啦等。"

她表情十分生动地诉说着，那声音在高高的天花板上回响。左侧照射进来的橘色光在慢慢变换着角度，我保持沉默眺望着这一切。香子将这个沉默不断用语言填满了，她觉得自己极其不幸，有时候想大声哭喊。之所以说不幸，想来是因为完全没有人（大概是指恋人吧）支撑她的缘故吧。"为什么没有人支撑自己呢？继续琢磨的话，是因为自己生病了。"她说。这番理论在来回兜圈子，她换了个说法之后，依然在反复兜圈子，重复了好多遍。也就是说她自己没有恋人感觉很孤独，我被远去印度的恋人甩后也应该很孤独，所以就一起吃个饭，互相舔伤吧。昨天那个电话的真实意思似乎是这样的。在临近第四次的时候，我很想把长桌子直接撂倒了："也就是说你不过是想要个男人了嘛！"但是我一直在使劲儿忍着。趁着她选择话语的几秒钟，我站起身来。

"我肚子饿啦！带我去学校食堂吧。"

"嗯，好的。"她也恢复了神志，站了起来，"不好意思啊，因为还没有完全好，所以我把握不住跟别人聊天的节奏，说得太多了。"她道歉道。

踏着两个长长的身影前行时，我突然想起了小时候的事。小时候我感冒了，请假在家没有去学校，我沐浴着透过窗户照射进来的阳光在睡觉，这时，饭菜会被家人端到床边，撒娇任性也会被原谅，甜瓜和冰激凌甜点都很丰盛，就连漫画书也会一起被拿过来好多本。我俯视着窗外沐浴着阳光闪闪发光的草坪、悠闲散步的老人与狗，脑海里想着正在规规矩矩、毕恭毕敬地上课的同学们，感觉只有自己变成了世界女王般的存在。而眼前香子所守护的"病"也许就是这种感觉吧。

她带我去的是学校食堂，一座非常干净漂亮的三层建筑。我在内心赞叹着：现在的学生能在这样的地方吃饭啊！然后我一个人活蹦乱跳地买了和风汉堡包、大肉块盖浇饭和鳕鱼子意大利面，而香子只买了黑咖啡，坐在座位上等着我。

"我有时会看到别人看不到的东西呢。"我一直狼吞虎咽地吃着，香子再次凑近我的脸说道，"坐上电车以后，发现车上都挂着紫色的窗帘，下车到月台上的时候，会看到那里有火红色的花田之类的东西，但是，当我想再次好好看一下的时候，就会发现它已经恢复原状，看起来很正常了。"

"好奇怪啊！"

"今年夏天，我一打开窗户，有时候会看到外面好像在下雪似的。"

紫色窗帘随风飘舞的车内和化作耀眼花田的站内月台，我在脑海里一一描绘了一下，总觉得这跟自己曾经的天才时代和板垣侧耳倾听远处的声音基本属于一回事。

"把这当作属于你自己的现实就行了嘛,在火红色的花田和纷纷降雪中活着不就行了吗?因为搞不清楚哪个是真的,哪个是假的嘛。"

我吃完东西,把空出来的餐具摞了起来,说道。她打断我的话,继续更加详细地描述起了自己所住的世界的景象。我一面点着头,一面在桌子下面偷偷瞅板垣的手表。

走出学校食堂后,香子提议去喝酒。

"不好意思啊,我明天早上要早起。"

"是吗?"香子有点儿遗憾地低下头,"我觉得跟你能互相理解呢,下次再一起吃饭吧。"

"是啊,下次还想再听听香子的世界呢。"

我这么说着,转身朝公交车站跑去。小小的神社里挂着很多盏亮着的灯笼,朦朦胧胧地照在生长繁茂的绿植上。我不由得停下脚步仰望苍穹。灯笼亮着淡淡的橙色的光,一直挂到神社里面,很多盏很多盏灯笼绵延排列着。那过于脱离现实的美感让我不安起来。如果这正像香子所说的那样,是只有我才能看到的风景的话，那该怎么办呢？香子所看到的紫色的窗帘，板垣所听到的世界尽头微细的声音，我们究竟在哪里呢？

店内回响着哀切的音乐声。我把两只胳膊肘撑在吧台上，数着桌子的纹理。雨声混杂着油炸食品的香味从远处传来，是从哪里钻进来的呢？

板垣走后的第三周，他寄过来一封信。因为我正想把板垣忘掉，所以总感觉这封来信有些傻傻的。板垣自己貌似也是这么想的，还在信里正儿八经地写明了来信的理由。

当我被一群与自己肤色不同、着装打扮各异、语言不同的人们围绕着，走在极其炎热的道路上，一路上看到的都是牛、灰尘、难以计数的流浪者以及遍地的牛粪时，不由得就想用日语来写写文字说说话了，就想说一点儿没什么必要又无须翻译成什么英语的话了。所以，就决定写这封信了。

"喂，有没有新曲子？"

一个手里拿着伞，伞上啪嗒啪嗒滴着水的长头发女人问道。

"没有啦，因为我们是二手店。"

"CD呢？CD也没有吗？"

"没有，我们是二手唱片店，对不起。"

女人离去后，我拿来拖把，擦了擦湿漉漉的地板。一个身穿开领短袖衫的男人拎来一袋沉重的唱片，把它们摆到了吧台上。我高声呼叫店长。店长一张一张地取出光盘，查看损伤情况。

我一直以为，小薰、小光、真理子和小黑，我们大家都在同样的地方看着同样的东西，特别是小薰，所以，我们才总是在一起说说笑笑，聊一聊那些看到的东西、感觉到的东西。对此我一直这么深信不疑。但是，来到这里后我认为那些全都是谎言，都是我自己随心所欲幻想出来的东西。我们可能在完全不同的地方看着截然不同的东西，感觉就像我们各自身处不同的透明瓶子里，呼吸着只属于自己的空气一样，只是透过玻璃四目相对而已。一想到这里，我就有些绝望，但是同时，我又觉得人不就是这么回事吗？朋友也好，恋人也好，夫妻也好，家人也好，全部的全部……那不是一件悲哀的事情，就如同人之生死一样，也许那只是一件极其普通的事情。我在想这样的事儿。

我收拾好拖把，整理了一下男人卖出的唱片，看了看手表。确认了指针在持续转动的同时，也听了一下唱片的音乐声。"不要管我！""不要再束缚我！"那哀切的声音在嘶吼。

我一进屋，真理子慢吞吞地从床上爬起来，问道："肚子饿了吗？"房间里充满了刺鼻的烟草味，非常乱。

"你睡了一会儿吗？今天大家都不在啊。"

"原田和小光，还有小优刚刚都在，从昨天中午十二点开始一直到刚才,都在玩家庭电子游戏。啊,眼睛疼。"

"不好意思,你赶紧睡吧。"

"肚子饿了,睡不着,吃点儿什么呢?比萨,还是中国料理?"真理子从混杂着剪刀、唱片、杂志等各种不同杂物且乱七八糟扔了一地的地板杂物堆里面,十分利落地摊开了叫外卖的广告菜单。

"小优是谁呀?"

"你不知道吗?小元的弟弟,是个厨师呢,不过现在还是学徒生。虽然我也是前不久才第一次见他,但是有一种一见如故的感觉,好像有点儿似曾相识似的。这是谁呢?我一直在琢磨,昨天才想出来。你不知道啊,他长得跟昆虫一样,就是普通昆虫的模样。"

真理子一边说话,一边拿起了电话听筒。

我一面用涂着辣椒的比萨把嘴巴塞得鼓鼓的,一面朗诵板垣的来信。水滴敲打着窗户,显得朦朦胧胧,汽车甩着水奔驰的声音在不断回响。

"人啊,是不是一去旅行,脑子就会变好了呢?"

因为真理子说得十分认真,我竟忍不住笑了。

"不就是那样吗?板垣以前可不是一个爱思考的人啊。"

"嗯,你究竟想表达什么意思呢?"

"我知道了。听说印度有各种各样的药品,里面有一种能让人进行深度思考的东西呢,板垣应该是中了那个的招儿吧。不过,因为他原来脑子就不太好使,所以才会变得语无伦次、不明所以了吧。"

吃完饭后,真理子大大地伸了个懒腰,用脚乱踢了一下地板上散乱的杂物,再次钻进了被窝里。

"他说瓶子里啊。"

像唱歌一样哼了一句后,真理子接着酣然入睡了。空调轰隆作响。我再次摊开那张薄薄的信纸,瞅着板垣那脏兮兮的字迹,试着嘟哝了一句他现在所在的那个未曾听惯的城市的名字。"幸亏来了。"他在最后这样写道。

母亲在手术前的麻醉阶段悄然死去的时候,在等候室里的我缠在板垣的身上颤抖不已,有悲伤,但是较之悲伤更多的是恐惧。我感觉有一种十分可怕的强大力量，宛如能量超强的吸尘器一般，将人的命运嗖的一下子吸进去了。

雨水密密麻麻地倾泻到巨大的落地窗上，然后细细地滴落下来，最角落上的一盏荧光灯在微微颤动。药物、食物和疾病，各种气味混杂在一起，满满当当。感觉无论是那越来越大的雨，还是开始灭掉的荧光灯，以及非同寻常的各种气味，都是为了让我感到恐惧而特意营造出来的意境。

两点之后，从电梯里涌出来的前来见最后一面的人流，一个个双手抱着鲜花、杂志和蛋糕，向在塑料椅子上抱在一起的我们俩投来了暖暖的、怜悯的目光。然后，他们垂下眼帘，静悄悄地从我们身旁走过去了。今天早上拉走母亲床位的那位护士，也好像什么都没有发生过一样，抱着病例横穿而过。我再次认识到吞食人的生命的莫大力量和人死这件区区小事。

耳朵深处，有蚊蝇振翅般的音乐在不断鸣响，那跟恐惧无关，跟母亲和死亡也无关，而是自己最常听的唱片中的一段优美的曲子。音乐没有停止，我为那音乐之美而哭泣。"不要紧的。"板垣一次又一次地跟我说，并轻轻抚摸着我的后背安慰我。我未能说出口，自己是因为耳畔响个不停的曲子而流泪，觉得他可能理解不了这个音乐之美。

地毯上洒落的烟灰，被扔出来的唱片类和漫画类物品，取代烟灰缸来用的脏兮兮的空罐子，报纸和沾满油迹的比萨纸盘，我一一进行确认，板垣所写的也许就是那样的东西吧，我心想。

信纸被空调冷风吹着，发出唰啦唰啦的干燥的响声。在尚还残留着人们喧嚣余韵的房间内，我一直侧耳倾听着被雨水淹没的真理子的酣睡声。

4

我想去看电影了。自从板垣走后，我就再没去看过电影，也没在外面吃过饭。这样可不行，我这么琢磨着，翻阅了一下信息杂志，一下班，便立即飞奔到公交车上。

车内冷气太足，我感觉微微有些冷。车里面人不多，道路上下了班的人们挨肩迭背地顺着车窗走过。

刚在最后面靠窗的位置上坐下，我就开始注意时间了。我把手腕反转过来，定睛一看，手表显示的时间为五点三十五分。这个表，有没有跑慢了呢？如果迟到的话，会赶不上看电影的。我的内心为这种不足挂齿的小事而惴惴不安着。公交车内没有表，只能看到蓝色的座套和司机白色的衬衣。

我一屁股深坐下来，以半躺似的姿势倚在座位上，看向窗外流动的街头并搜寻着表。我想确认一下准确的时间。一旦有了这个想法，我便开始执着于时间，觉得必须确认一下准确的时间。

从正确排列着的长方形大厦里，走出来一群群宛如群居生活的动物一样的行色匆匆的人们。大家身上穿的白色衬衣被风吹得鼓鼓的，在太阳光线的反射下，向着四面八方闪闪发光。没有一个人回头看，所有人都迈着同样的步调，缓缓朝着同一个方向往前走去。圆圆的太阳隐没在高高的大厦后方，不一会儿又露出脸来，照耀着破旧的电影广告牌。周围的几个人时而忽然消失在那强烈的光照中，时而又像蜉蝣一样朦胧现身。流程单调得可怕，甚至让人怀疑是否有个节奏带隐藏在某个什么地方。我在那里面没有找到一块表。

"是厕所的位置问题，是因为厕所的位置不对。因为现在才被锁起来了嘛。好可怕啊！房子是不能随便乱盖的啊。因为它在一楼的边角尽头，是后来盖上的，在那以前，一直用的是二楼的厕所。绝对不要再用那里的厕所了。太可怕了！我们家的麻子也总算有了婚约，大概明年开春就会举行仪式。明年可是个好兆头啊！已经不要紧了。小薰也安心学习就行了啊。暂时没有什么不幸了呢。因为我找人消灾了嘛，不要紧啦。现在复读两年三年的人到处都是，我们不说的话别人也不知道。不过真没想到，居然是厕所的问题啊。这样婶婶就放心了。早知道就再早一点儿找人看看了……"

下了公交车我去找表。连接西边入口和东边入口的中央大厅里人满为患，人们面无表情地在光滑雪白的地板上穿行。角落里有流浪汉袒露着乌黑的肚皮在睡觉，他一翻身，身旁空了的一升瓶咕噜倒了，被一个女人的高跟鞋一踢，酒瓶嘎啦嘎啦地发着声响在众多双脚之间灵活地潜身消失了。

表，表，表，表。表难道不应该随处可见吗？地铁售票口、日本铁路检票口、花店旁边应该都有的吧，可是，为什么哪儿都看不到呢？我越是焦躁，越不知道该看哪里好了。跟地板同样白的白炽灯无法将整个中央大厅内部照得三百六十度无死角并让人尽收眼底，对此我感到焦躁不安。

我在不断徐徐移动的人群正中间站住了，随即快速摘下手表扔到了地板上，跟板垣给我手表时同样冰凉触感的声音回响了一下之后，便消失了。

我为此担惊受怕，搞不明白自己的时间是停下来了，还是跑错了，我简直像被嵌进表里那么拘谨难受，而你却一个人跑到什么满是牛粪和流浪者且没有时间概念的地方逍遥自在，还把手表强行塞给我，连你自己的时间也强行让我背负着……

"你把手表弄掉了呢。"

人们投来好奇的目光，继续前行着。期间，一位头戴棒球帽、斜背小挎包的老人突然冒了出来，他的手里握着一只发着银光的手表。

"刚才掉了呢。"

老人大声说道，声音大得像在呼喊一样。

"是我扔掉的。"

"手表，来，给你。"

"……谢谢。"

老人的脸皱成一堆，笑了，带着十分满足的神情让手表滑进了我的手里。我把手表塞进兜里，再次向公交车停车点跑去。从地下通道走出来后，正好是华灯初上、满街橙黄的时刻。

一打开门，我发现真理子他们正默默不语地坐在烟雾当中，很罕见地没有听到音乐声、电视声、热闹的胡说八道声。一看到推门进来的我，所有人都在烟雾中回过头来，朝我笑了。我脱掉鞋子走了进去，闻到一股刺鼻的染发剂的气味。真理子他们一直在坐着全神贯注地读漫画，真理子在看第一卷，小光在看第二卷，原田君在看第三卷。在这些人的正中间，一个戴着做头发的帽子、头发被染发剂涂得黏黏糊糊的陌生男孩坐在那里，那个男孩貌似就是小优了。原来如此，他戴着做头发的帽子，长着一张昆虫般的脸。

"喂喂，来客人了啊，不给人家泡茶能行吗？"他瞅着真理子说。

"哎呀，小薰，你快说说这个家伙吧，说是不愿意从第四卷开始读，好吵好烦啊。"

"小薰读过这个吗？小金带过来的，非常有意思，等真理子读完了第一卷你接着读吧。"

小光从嘴里吐了一口烟，笑道。

"太狡猾了吧，下一个该轮到我了。"

"你那个头是怎么回事啊？"

觉得有点儿似曾相识，仔细一想原来像昆虫啊。我咀嚼着真理子说过的话，忍住笑着问道。

"这些人很过分！我是来玩大富翁游戏的，结果他们说已经玩腻了，非要给我染头发。因为无聊就抓住我给我涂这些东西，把这个染发剂洗掉以后，你觉得会出来什么颜色呢？粉红粉红的颜色呢。你知道我平时是做什么工作的吗？厨师学徒生呢，是服务行业呀，顶着这么个头发会被辞退的啊。"

真理子他们拼命忍住笑，将脸藏在漫画书里。

"喂，忘了问了，你是谁呀？我啊，名叫桥本优一，是元木的弟弟。"

他端正了一下坐姿，朝着我深深地点了点头。

"咦？小优和小薰是第一次见面吗？"

"啊，小薰是那个恋人跑到印度的小薰吗？印度不错啊，我也想去呢。我说，你的那个恋人，有没有留下大大小小的什么东西呀，能不能用送货上门服务给我送一下啊？等后面我告诉你我的电话号码，送过来的话就跟我联系一下。可不能给这些人啊，他们都不靠谱，会用到不好的地方去啦。我可是在上班，是最正常的。"

他跟哥哥小元形成了鲜明的对比，是一个活泼开朗、能言善辩之人。明明最近才刚刚开始来这边，却如同在自己家里一样自在，给大家泡咖啡之类。

真理子他们默默无言地轮番读着漫画，我和小优并排玩着家庭游戏。中途，他去冲洗头发了，不一会儿，他顶着一头鲜艳的粉红色的头发再次坐在了我的身旁。大家都哄堂大笑，他也跟着笑了起来。在我挑战游戏的过程当中，他滔滔不绝地给我讲他孩提时代的事儿、自己的工作场所餐厅的事儿、现在交往的女孩子的事儿。我没办法集中精力打游戏，很快便输掉了。特别是讲到他女朋友的时候，他十分起劲，一个劲儿地问真理子下次他可否带女朋友来这里，因为执着得过于烦人，气得真理子拿书扔他。

我一直在想象，板垣走了，取而代之，一些陌生的人们比板垣还亲密地走进了这里，就像因为结婚和生孩子而接二连三地增加起来的亲戚一样。然后，摇摇晃晃刚学会走路的孩子会指着镶着黑边的白底照片，天真无邪地询问："他是谁啊？他死了吗？"就像那样，有朝一日也会有人那么天真无邪地发问："板垣是谁啊？为什么现在不在呢？"

不久，小优去真理子的厨房开始做菜了，他要准备五人份儿的饭菜。我盯着忽亮忽暗的电视画面看得入了迷，一面听着菜刀轻轻敲击着切菜板的声音，一面迷迷糊糊地心想：板垣是不是从一开始就不存在呢？烟雾中，大家都将目光落在了漫画上。在厨房唱《红宝石星期二》的小优的歌声，随着烟雾一同在房间里咕噜咕噜地转个不停。

我抬头仰望了一下板垣曾经住过的房间，阳台上挂着陌生的衣物，正在迎着清凉的夜风招展。于是，我确定了他曾经在、现在却不在了的这个事实。一片藏蓝色的夜空低垂着，如同盖住了公寓一般，一轮红月深埋其中。就这样站在他的公寓前，我第一次认识到了他和我的关系，第一次有了这样的感觉，这也许要怪清凉逼人的夜风。

正如板垣所说的那样，我们生活在不同的瓶子里，虽然可以四目相对、互相招手，但是无法互相触摸。而且，我们从各自的瓶子里所看到的世界是截然不同的。我觉得这个距离要比什么印度之类的远得多。

或许有人去世也是这么一回事吧。将我封在其中的玻璃瓶非常厚，以致我总是迷迷瞪瞪的，鼻子、耳朵全都被厚厚的玻璃遮住了，塞着棉花的婶婶的脸，老爷爷生气的脸，像孩子一样熟睡的母亲的脸，朝我挥手的板垣的脸，全都看起来歪歪扭扭的。这一切也许正是自己亲手在瓶子里描画的现实，我假装自己全部知晓，波澜不惊地站立不动。我试着在胸前揉搓双手。各种各样的坚硬外壳的触感被唤醒了，和他们说过的话，甚至共度过的时光，在那些外壳面前都显得极其脆弱，如同马上就要消失一般在摇摇晃晃。

5

小黑的大篷货车里坐满了人，简直要把车给挤破了。平时的那帮小伙伴，外加小优带来了他的女朋友和另外一对情侣朋友，我和香子，几个人挤在破旧的八人座车里。小黑坐在小元的膝盖上，真理子和我抱在一起，原田君蹲在车上，小优横卧在后部座位的后方，所有人都对在这种状态下遭遇堵车深感恐惧。大家各唱各的歌,轮番喝着酒,拼命排解这种恐惧。

在高速公路上果然还是遭遇堵车了,我们一动不能动,气氛十分尴尬。

"为什么优一要带三个人来呢?"

"可是,这是要去海边呀,大家都想去呀,况且,我们都没有车。"

"不过我倒是担心香子,香子不要紧吧?你能去海边吗?"

"我并不是身体有病啊,必须要不定期地出去散散心嘛。"

"真理子才不该去呢,你不是来例假了吗?进盐水里难道不要紧吗?"

"为什么小黑那么卑鄙无耻呢?这种事儿一般人是不会讲出来的吧?在场的还有第一次见面的人呢。"

我赶紧从口袋里拽出今天早上收到的板垣的信,大声说道:"下面,我在这里给大家诵读一下板垣同学的来信。"

互相抱怨的声音总算停了下来，我暗暗松了口气，打开了信封。

前天我来到了岛上。这个名叫光之岛的小岛真的很美，但是，这里没有住宿的地方，所以我昨天露宿野外了。我还是第一次露宿野外，因为我没有当过童子军。

"真好啊，能去小岛上，我们这些人顶多也就是去近处的海边转转了。"

"这不是又来信了吗？还说什么再也不回来了之类的傻话，最终不还是给小薰写信了吗？"

"男人反正就是那样的啦。嘲笑人家来例假了什么的丑态百出，最终却一个人什么都做不了。"

"不要转移话题，傻瓜！"

半夜突然醒了，我尝试着起来散步。没有月亮，夜漆黑得让人理解了前路漆黑这句话的含义。

稀疏亮着的灯明朦朦胧胧地照着周边。当然,是照不到我这里的。那是一种就连手掌举到眼前都看不见的黑暗,你能想象得到吗?

"他是不是把前路漆黑这句话的意思理解错了啊?"
"太好了,原来板垣依然还是那个傻瓜啊,是吧,小薰?"
"如果停电了的话,就看不到手掌了,对吧?"

我一直凝视着黑暗,眼睛渐渐习惯了,也能慢慢看到树的动静和海潮的流动了。于是呢,小薰,我注意到了一件很了不起的事情,树也好,我脚下的土地也好,水流也好,被水流冲刷后的沙子的图案也好,被水流冲上岸来的贝壳也好,所有的,我眼前出现的所有东西里面,都各自隐藏着解答某一个问题的暗号。我停下脚步,一动不动地侧耳聆听时,听到了"叮——"的声音,在一片寂静中,所有的暗号都在对着我呼喊。那是解开什么问题的钥匙吗？我拼命地思考了一会儿，当然不会明白，不过，又觉得那应该是非常简单的东西。同时，我又觉得那应该不是思考一两个晚上就可以搞清楚的问题。去破解暗号的过程，或许就是生存下去的过程吧。

我觉得小薰肯定会给原田他们读这封信，这封完全不像我风格的信应该会使原田他们哄堂大笑吧。不过，我是在不知不觉中仅仅追随着一种气氛来到这里的，却遇上了无法只当作气氛无视的、非常了不起的东西（这才是恍然大悟）。说句实在话，我现在处于走投无路的状态。差不多已经过去一个月了吧，内心总算能够安静下来思考点儿问题了。我经常在梦里梦见之前的自己，甚至连中学时代偷稀料的事儿也会出现在梦里，这让我感觉好笑。不过，我总算明白了：正是因为有了这些经历，才有了作为结果的自己目前存在于此的意义。

"果然还是药品啊,小薰!"

"药品?这是药品信息吗?"

"你在那边睡吧!"

"不过呢,还真有这样的日本人呢,在海外旅行时突然觉醒了之类的那种。"

"这里就是很有板垣特色的地方了。"

"说得很好啊!有在好好用脑啊!那家伙也是尽力了。"

"事到如今才不会哄堂大笑了呢,大家都已经了如指掌了嘛,对于板垣的事儿。"

思考了一会儿这样的事儿,好了,现在开始睡觉吧。我躺在海边,深吸了一口气,看到了自己从未见到过的漫天星空。四面八方边边角角,一直到对面的水平线上,夜空被密密麻麻的星星盖得满满当当的,就那样耸立在我的面前。四周鸦雀无声,甚至能够听到自己的心跳声。一片静寂将周围完全覆盖殆尽,四处空无一人。我想这便是真正的孤独吧。我以前不知道什么是真正的孤独，它很可怕，甚至能让人听到骨头在吱吱作响。它让人担心耳朵失聪，甚至感觉在这一瞬间之后，整个人会变得精神错乱，就是这样一个巨大的存在。我非常害怕它的同时，也怀疑自己一直在一心向往真正的孤独。这让人怀念，甚至感觉很温柔。

在碧空如洗的高速公路上，板垣的信和持续播放着的阿贝尔·冈斯的背景音乐实在是牛头不对马嘴。我读完三张信后，大家什么都没有说。后来，躺在车内后方的小优像要一条道跑到黑一样跟药品杠上了，开始叽叽咕咕地说起了药品这样药品那样的。真理子他们总算又开始笑闹起来了。车子冲出了拥堵地段。

我从人与人之间的空隙间穿过去，铺开了沙滩垫，大海若隐若现。真理子和小金躺下来想涂防晒霜，小优他们就像被解开绑绳的野狗一样跑向了大海，香子在遮阳伞下中哼着歌，我把嘴巴对着散发着浓郁的塑料气味的游泳圈，使劲吹着气。

"不过啊,板垣去了那边真好啊。"

小光在我旁边坐下来,说道。

"听了刚才的信,我可放心了啊。"

我将手放在软乎乎的游泳圈上,继续往里吹着空气。

"至少不是音信不通。那么认真地写信,让人感动得想哭呢。肯定到了夏天快过去的时候,他就会变成一个比较正常的人回来啦。"

那刺鼻的塑料味,让我有点儿恶心。我们蹲在地上,很多双脚从我们周围走了过去。我把吹得紧绷绷、鼓蓬蓬的游泳圈扔到了身后,在沙子上画起了圆形和三角形。照到后背上的阳光很热,不时有从海中上岸回来的人们,他们滴落下来的水珠在我背上画着凉凉的线。

"喂,我们放烟花吧,烟花。"

优一顶着湿漉漉的粉红色头发,跟他们一起回来了。他们濡湿的双脚踩坏了我的圆形和三角形。我抬起头站起身来,在他递过来的烟花上点上了火。大白天的海边，我们手里的烟花的白烟直竖着往上飘了起来，纷飞的蓝色和红色火焰在远处弹跳着，把在水里游泳的人们吓了一跳，这时我赶紧停止点火。能听到远处的尖叫声，这让我们扬声傻笑了起来。人们有些嫌弃地躲着我们走。在火药味和烟雾弥漫中，我们一直笑个不停。

"请不要放烟花，会给别人添麻烦的！请不要放烟花！"

扩音器里一个男人嗓门粗厚的声音在回响着。我们一边笑着一边将燃尽了的烟花扔了出去，盯着慢慢飞舞而去的烟气看。大家笑累了，一个个咕噜噜地躺卧下来。他们喝过的、黏糊糊的朗姆酒酒瓶传到了我这里，我喝了一口苦涩的朗姆酒。小黑去央求旁边的女孩子们，他想借用她们的磁带播放器播放我们的磁带，鲍勃·马利用他动听的大嗓门唱了起来。醉得不知所以的优一和他的女朋友在阳光下跳起舞来，从海里回来的一对陌生情侣也跟着曲子跳了起来。他们身材的曲线透过阳光散发着光芒，那光芒在闪烁舞蹈着。一个沙滩足球碰到了我的脚,我也不确认方向,直接用手将它抛到了远方。一阵阵尖锐的笑声每隔三分钟便从后面的群体中传起。手里拖着红色游泳圈的孩子卷着干燥的沙子在乱跑,一位腆着肚子的女人在后面直追。真理子、原田君和小元开始在沙滩垫上玩起了扑克牌。透过人群,对面褐色的大海若隐若现。远处响起了笑声,抬眼往那边一看,是有人被埋到沙子里了,那人仅露出了脑袋,从那头闪闪发光的粉红色可以辨认出那是优一。小光正在往只露出脑袋的优一身上浇啤酒,啤酒闪着透明的光。突然有人抓住了我的手腕,回头一看,发现是香子。

"板垣君并不明白什么是真正的孤独。因为只是一两个晚上,所以才觉得美好啦,这才能说出什么一心向往之类的话。"

香子紧紧抓着我的手腕不放,然后像重金属音乐一般气势汹汹地开始诉说起来了。

"怎么都行吧,那种事儿。"

"即便在空无一人的夜晚的海边,他也不是一个人,是有人在他的身旁,你和他们大家都在嘛,所以他根本就不会觉得害怕什么的。你也一样,你一直都相信板垣君会回来,相信他会在你身边。"

"好烦啊,不会回来了,板垣。"

"你是因为幸福,所以才会那么说。你知道真正的孤身一人是什么意思吗?电话线也被切断了,一打开冰箱里面只有发霉的面包,想走到外面去却发现门口以外全都是无限的黑暗,就像一个人被孤零零地扔到了那里面一样。"

"电话线明明是你自己切断的好吧?"

我感觉有些烦,便猛地甩开她的手腕,小心躲避着不要撞到别人身上,往海边走去。她把我的两个手腕握得全都是汗,黏糊糊的。我朝着近在咫尺翻涌的海浪游去。

我换了个方向往海岸上一看,上面全是杂乱的人群,优一的粉红色脑袋瓜也看不到了,我们的遮阳伞也已经分辨不出来了。呀的一声尖叫中,一个女孩子紧紧抱住了我,然后又叫着"对不起,不好意思,讨厌,我认错人啦",说完便匆匆离开了。

我找到了一片区域,在水上仰面朝天躺着。盯着正上方的太阳,眼睛里面火辣辣的。飘飘摇摇地躺了一会儿,醉意上来了。白云在头上飘过,它们为所欲为地做出了各种形状,看上去就跟之前死去的人们一样,那些人聚集在我的正上方,双臂抱在胸前,正在向下俯瞰着我,然后慢慢向我伸出了十只右手。我用力吸了一口气,保持着向上的姿态潜入水中,眼前的水面悠悠发着绿色的光芒。向我伸出的那些手掌是裹着硬硬的外壳冰冷的感觉呢,还是温暖的感觉呢?我从水面上抬起头,眼前的长天晴空万里,碧蓝一色。我划水的手掌里,浮现出了记忆中抚摸板垣的手腕、脖子和脸颊的触觉,比这海水要温暖得多。

回去的车里散发着海潮的气味。除了司机小黑之外,被太阳晒黑的大家仿佛被同一个梦缠络在了一起似的酣然入睡了。小黑小声播放着磁带,自己小声哼唱着,以免不小心睡着。

我和香子两个人被挤到了后面放行李的地方，弯着腿坐在一个很小的地方。我摘下手表一看，只有这里的皮肤还呈现出淡淡的白色，确认了一下指针在正常转动之后，再一次把它戴到了原来的地方。一直很拘谨的香子不久也睡着了，我一面往一边挤着她，一面不知不觉也开始昏昏入睡了。

　　短暂的睡眠中，我做了一个梦，儿时的梦。那时候还有田地和山野，我经常跟着父亲出去散步。沉默寡言、非同常人的父亲总是默默无语地走在前面，渐渐地和我拉开距离，走到我勉强能看到他的背影的前面去了。我一面开心地幻想着自己被父亲留在这里，而后迷了路，被住在山里的老婆婆（砍柴为生的也好，妖精也好）捡去养大了，一面捡着坚果往前走。即便如此，我也没有像童话里的主人公那样，在自己来时的路上撒上坚果，以便记住回家的路，因为我知道沉默着走在前面的父亲是不会不见了的。是的，那个时候，我连人会死这一点都不知道。

　　走在山路上，有时候会遇到小蛇，或者是开得很漂亮的山荔枝，这时候父亲肯定会停下脚步，等着我追上来。我心想父亲就要和我一起走了，便一口气赶紧跑到他的跟前，然后，看着父亲手指的地方，惊叫一声："啊，蛇！"父亲确认过我的惊叫声后，又开始快步走了起来。感觉心怀奇怪的期待跑过来的自己就跟傻子似的，于是，我故意跟走远的父亲保持着距离，蹲下来将一串红的红花之类的东西含到了嘴里。

在梦里，我依然还是跟着父亲远去的背影，用鼻子低声哼唱着往前走。冷不防父亲拐到了一边，我也跟着跑过去看，展现在眼前的是一片无垠、辽阔的草原。个头很高的草层一直覆盖到老远老远，它们动作一致，正随着清风哗啦啦哗啦啦地徐徐摇摆着身影。我挺直后背伸长脖子四处张望，父亲不在了，周围只有一望无际的碧绿草原和能映出草原的通透的天空。而我却在笑，在哼着歌，眺望着父亲领着自己来到的无垠、辽阔的草原。

从浅睡中醒来的一瞬间，我忘记了自己身在何处。看到倚靠着自己正在酣睡的香子，才想起原来是在车里。然后我抬头一看,瞬间被眼前的景象惊呆了。

满满的群星在闪耀。我忘记了身体的疼痛,睡意也一下子消失得无影无踪,我稍稍纠正了一下姿势,想再好好看一下,却不由得笑出了声。那些看似星星的所有亮光,原来都是远处街上的灯明,鳞次栉比的高楼大厦中的,大型公寓中的,霓虹灯的,赶在回家路上的成群的汽车尾灯的,进站的电车的,点缀高速公路的荧光灯的,各种各样的灯明。

"什么情况?怎么了?"

香子擦着眼睛醒了。

我就像被关在杂物间里的孩子一样跟她悄悄耳语道:"香子,这个景色看起来像什么?"

"啊?"香子盯着窗外看了一会儿说道,"像什么呢?……一大群萤火虫,一个大蛋糕上的蜡烛之类?"

"都没什么新意啊,你可是能在月台上看到火红色花田的啊!"

"因为我现在处于比较平稳的状态,如果现在看起来怪异可就麻烦了。病情发作,会给别人添麻烦的。"

见香子说得那么认真，我不由得放声大笑起来。

"什么？什么？什么？"小黑回头张望。

"没什么，没什么。"我朝他摆手道。

"那么，小薰看着像什么呢？"

"星空。"我回答道。

"真羡慕啊！没有驾照的人，可以说个悄悄话，打个盹儿。"小黑眼睛看着前方说道。

"不是的，我们说的是街灯看起来像什么。"

"什么像什么？"

"像星空了，像一群萤火虫了之类的。"

"哦，好浪漫！"

"小黑看着像什么？"

"街灯。"

"没有品位。"

香子笑了。

"说起来，没有萤火虫啊。"

"我小时候看到过呢。"

"我老家那边现在还有呢。"

"是不是大家都一起搬迁到那边去了啊?"

"有可能吧,大概。"

"大家一起?"

"大概是吧。"

小黑和香子的对话朦胧飘过。睡醒后的轻微的倦怠感席卷了全身,我在狭窄的小空间里尽可能地舒展了一下四肢,直伸出去的右脚踢到了坐在后座上睡觉的小光的头。香子笑了,我也跟着笑了,随即倦怠感消失得无影无踪,一种在无边无际的草原上仰面朝天一般的解放感突然将我包围。我忽然来精神了,直踹小光的脑袋:"起床,起床。"

载着我们的汽车在星空中穿行。闪烁的星光一点当中,我看到了仰头遥望天空的板垣小小的身影。